古典文學研究輯刊

二四編

曾永義 主編

第 20 冊

《經律異相》故事研究(下)

簡意娟 著

國家圖書館出版品預行編目資料

《經律異相》故事研究（下）／簡意娟 著 -- 初版 -- 新北市：

花木蘭文化事業有限公司，2021〔民110〕

目 4+170 面；19×26 公分

（古典文學研究輯刊 二四編；第 20 冊）

ISBN 978-986-518-582-4（精裝）

1. 佛教 2. 類書 3. 研究考訂

820.8 110011674

ISBN-978-986-518-582-4

9 789865 185824

古典文學研究輯刊

二四編 第二十冊 ISBN：978-986-518-582-4

《經律異相》故事研究（下）

作 者 簡意娟
主 編 曾永義
總 編 輯 杜潔祥
副總編輯 楊嘉樂
編 輯 許郁翎、張雅淋、潘玟靜 美術編輯 陳逸婷
出 版 花木蘭文化事業有限公司
發 行 人 高小娟
聯絡地址 235 新北市中和區中安街七二號十三樓
電話：02-2923-1455／傳真：02-2923-1452
網 址 http://www.huamulan.tw 信箱 service@huamulans.com
印 刷 普羅文化出版廣告事業
初 版 2021 年 9 月
全書字數 255587 字
定 價 二四編 20 冊（精裝）台幣 45,000 元 版權所有 · 請勿翻印

《經律異相》故事研究(下)

簡意娟　著

目

次

第五章 《經律異相》之類型故事

　　《經律異相》所收錄的內容來源於二百七十種佛經。〔註1〕最初這些神話、寓言和傳說是流傳於民間的口頭創作，主角多半是印度古代社會上各階層的人物，內容譬喻生動、寓意深遠，深受百姓的喜愛。〔註2〕因此，當時的各宗教派別也用它們來宣傳自己的教義，包含婆羅門教、耆那教與佛教均是，往往同一個故事也經常互見於各教典籍中，其隨著流傳各地後，形成了基本結構相同的類型故事，本章探討重點即古印度流傳至今，亦見於他國的類型故事，透過比較基本結構相同的數個故事，以觀察其流變情形與文化融合之過程。

第一節　故事類型的訂定與分類

　　本文第三與第四章以傳統的「本生、因緣」為主題，分析其宗教文化意涵，並將《經律異相》中的七百八十二條記事，分析成數百個情節，打散後重新歸納分類，由此分析其文學技巧、意涵與取材特點，以上兩章屬綜論性質，第五章選取本經中的類型故事作討論重點，即把故事基本內容和主要結構相同而細節有異的故事歸在一起，取同捨異，就成為一個「故事類型」。大致而言，同一個類型故事常為一個故事的不同說法，在長期的流傳中，因人、事、地的不同而形成的，關於類型故事定義於第一章研究方法已說明，此不贅述。

〔註1〕周叔迦：《周叔迦佛學論著全集》（北京：中華書局，2006年），頁1901。
〔註2〕劉守華：〈從《經律異相》看佛經故事對民間故事的滲透〉，《佛學研究》第7期，1998年，頁188～196。

　　觀察《經律異相》中有的故事，在阿爾奈（Aarne）和湯普遜（Thompson）的《民間故事類型》〔註3〕（ *The Types of the Folktale* ）中的類型分類，已見有相同故事的類型編號，因此，以 AT 分類為依據，再參照丁乃通《中國民間故事類型索引》〔註4〕、金榮華《民間故事類型索引（增訂本）》〔註5〕及德國・烏特（Hans-Jörg Uther）《國際民間類型索引》〔註6〕（ *Types of International Folktales* ）的分類編號成果，找出《經律異相》故事中已成類型而有型號者做討論，旨在探討這些故事的異說差別及其流傳情形，進而比較佛經中的故事與一般的民間故事之異同。

　　按照上述索引搜尋結果，《經律異相》故事目前已成類型的，其篇章及型號名稱如下：

　　《經律異相》中民間故事類型一覽表：

序　號	類　別	卷　次	篇目名稱	分類索引型號
1	動物故事	卷十五	〈跋難陀為二長老分物佛說其本緣六〉	水獺爭魚請狼分（型號 ATK51C）
2	動物故事	卷四十七	〈師子虎為善友野干兩舌分身喪命六〉	狐狸挑撥生是非（型號 ATK59A）
3	動物故事	卷十一 卷四十七	〈為雀王身拔虎口骨十四〉、〈師子食象哽死木雀為拔得蘇後遂忘恩三〉	狼與鶴（型號 AT76）
4	動物故事	卷二十三	〈暴志前生為鼈婦十三〉	肝在家裡沒有帶（型號 AT91）
5	動物故事	卷十一 卷二十六 卷四十四	〈為大理家身濟鼈及蛇狐四〉、〈日難王棄國學道濟三種命四〉、〈慈羅放鼈後遇大水還濟其命四〉	動物感恩人負義（型號 AT160）

〔註3〕Stith Thompson, Types of the Flok, Helsinki, Academia Scientiarum Fennica, 1981.

〔註4〕丁乃通著：《中國民間故事類型索引》，武漢：華中師範大學出版社，2008 年 4 月。

〔註5〕金榮華：《民間故事類型索引》（增訂本），新北市：中國口傳文學學會，2014 年 4 月。

〔註6〕（德國）烏特（Hans-Jörg Uther）：《國際民間故事類型索引》(The Types of the International Floktales (FFC284~286)), Helsinki, Academia Scientiarum Fennica, 2004.

6	動物故事	卷四十七	〈師子王有十一勝事二〉	驢披獅皮難仿聲（型號 AT214B）
7	動物故事	卷十七	〈兄弟爭財請佛解競為說往事便得四果第十二〉	人體器官爭功勞（型號 AT293）
8	動物故事	卷四十九	〈一蛇首尾兩諍從尾則亡二〉	身體的兩個部分不合（型號 ATT293A）
9	幻想故事	卷四十三	〈商人驅牛以贖龍女得金奉親十〉	龍宮得寶或娶妻（型號 ATK555D）
10	幻想故事	卷四十四	〈貧人供僧報致富二十八〉	桌子、驢子和棍子（使偷竊者歸還寶物）（型號 AT563）
11	幻想故事	卷三十二	〈善友好施求珠喪眼還明二〉	精怪大意洩秘方（二人行）（型號 AT613）
12	宗教神仙故事	卷四十三 卷四十四	〈善求惡求採寶經飢樹出所須二〉、〈窮人違樹神誓還為樹枝所殺三十二〉	施者有福（型號 ATK750）
13	宗教神仙故事	卷四十五 卷四十七	〈換貸自取多還少命終為犢十五〉、〈迦羅越牛自說前身負一千錢三反作牛不了四〉	前世有罪孽投胎為畜生（型號 ATT761A）
14	生活故事	卷四十四	〈醫治王病差獲王報殊常八〉	至友報恩不明言（型號 ATK893A）
15	生活故事	卷四十四	〈有人買智慧得免大罪十八〉	所得警言皆應驗（買來的或別人提供的警言證明是正確的）（型號 AT910）
16	生活故事	卷三十四	〈王女見水上泡起無常想七〉	小男童以難制難（型號 AT920A.1）
17	生活故事	卷四十四	〈舅甥共盜甥黠慧後得王女為妻十二〉	和國王鬥智的賊（型號 ATK950）
18	惡地主與笨魔	卷四十四	〈小兒先身以三錢施今解鳥語遂得為王三十七〉	群魔爭法寶（型號 ATK1144A）
19	笑話、趣事	卷二十二	〈沙彌推師倒地而亡以無惡心精進得道五〉	射蠅出人命（型號 ATK1252）

20	笑話、趣事	卷二十一	〈提婆達多昔為獼猴取井中月九〉	撈救月亮（型號AT1335A）
21	笑話、趣事	卷四十四	〈夫婦約不先語見偷取物夫能言十四〉	夫妻打賭不說話（型號AT1351）
22	笑話、趣事	卷四十四	〈有人為兩婦所惡以至於死二十〉	妻妾鑷髮（型號AT1375E）
23	笑話、趣事＋聰明的言行＋奇異的難題	卷四十一	〈檀膩羈身獲諸罪一〉	似是而非連環判（型號AT1534）＋孩子到底是誰的（型號AT926）＋事出有因，難題可解（型號ATK460A）
24	笑話、趣事	卷二十	〈三藏比丘著弊服常飢好衣得食八〉	敬衣敬財非敬人（型號AT1558）
25	笑話、趣事	卷四十七	〈象獼猴鷝相敬四〉	漫天撒謊比誰最老（型號ATT1920J）

本章欲討論《經律異相》中的類型故事，所用型號「AT」者，即是 AT 分類法所有本；「ATT」是丁乃通（Nai-Tung Ting）先生所新譯或新擬者；「ATK」是金榮華（Yung-Hua King）先生在分析中所新增的。

以上故事在核對金榮華教授所編的《民間故事類型索引》一書之後，皆有其類型，但發現其中有未被收入者，在此進行增補之。條列如下：

動物故事：〈跋難陀為二長老分物佛說其本緣六〉水獺爭魚請狼分（型號ATK51C）；〈為大理家身濟鱉及蛇狐四〉、〈日難王棄國學道濟三種命四〉、〈慈羅放鱉後遇大水還濟其命四〉動物感恩人負義（型號 AT160）；〈師子王有十一勝事二〉驢披獅皮難仿聲（型號AT214B）；〈兄弟爭財請佛解競為說往事便得四果第十二〉人體器官爭功勞（型號AT293）。

幻想故事：〈貧人供僧報致富二十八〉桌子、驢子和棍子（使偷竊者歸還寶物）（型號AT563）。

宗教神仙故事：〈善求惡求採寶經飢樹出所須二〉、〈窮人違樹神誓還為樹枝所殺三十二〉好施者有福（型號 ATK750）；〈換貸自取多還少命終為犢十五〉、〈迦羅越牛自說前身負一千錢三反作牛不了四〉前世有罪孽投胎為畜生（型號ATT761A）。

生活故事：〈舅甥共盜甥黠慧後得王女為妻十二〉和國王鬥智的賊（型號ATK950）。

惡地主與笨魔：〈小兒先身以三錢施今解鳥語遂得為王三十七〉群魔爭法

寶（型號 ATK1144A）。

　　笑話、趣事：〈沙彌推師倒地而亡以無惡心精進得道五〉射蠅出人命（型號 ATK1252）；〈三藏比丘著弊服常飢好衣得食八〉敬衣敬財非敬人（型號 AT1558）。

　　本章對類型故事的分析，目的在於觀察流傳到世界各地後產生的影響與變化，故事之所以成型，乃因其有趣味性、有深遠寓意、容易說、容易傳、容易記，反之就不容易成型。以下，針對《經律異相》中所見類型故事分節論述之。

第二節　動物故事與幻想故事

一、動物故事

（一）「水獺爭魚請狼分」（型號 ATK51C）

　　《經律異相》卷十五〈跋難陀為二長老分物佛說其本緣六〉之故事大要如下：

　　佛在憍薩羅國，與許多比丘一起安居，諸白衣居士見僧眾多，即為他們作房舍與衣服。佛在後年回去安居，是處有二長老比丘，諸居士心想，今年布施如去年，令諸比丘得衣，得福不斷，於是持許多衣物施二長老，但二長老怕分物不公竟不敢分，路上遇見跋難陀，請他為二長老分物，跋難陀言：「我若與汝分者，是中一好衣應與知法人，然後當分。」答言：「即分走一上寶衣，分餘衣作二分給二長老。」跋難陀即裹縛多衣物，擔負回去，諸比丘經過，遙見跋難陀來，問跋難陀，從何處得來這麼多衣物？跋難陀廣說上事。其中有比丘知道跋難陀故意奪二長老物衣物，向佛稟告此事。佛告訴他，過去世河曲中，有二獺，在河邊得一鯉魚，不知怎麼分，二獺守住。有野干來飲水，獺請野干來協助分魚。時野干即分魚作三分，頭、尾各為一分，中間肥者作一分。時野干言：「靠近岸邊行的給尾巴，入深水行的給頭，中間魚身，是分給知法者。」爾時，野干口銜著大魚身回去，當時的二獺，即今二長老比丘，當時的野干，是今世的跋難陀。《經律異相》是摘錄自《十誦律》善誦卷第三、《僧祇律》而來。〔註7〕

────────────

〔註7〕（梁）釋寶唱：《經律異相》見《大正新脩大藏經》（臺北：新文豐出版公司，1983 年元月），冊 53，頁 77。

漢譯南傳大藏經《本生經》中有一則〈沓婆草花本生譚〉與前面情節相同，故事大要敘述：

有一隻豺娶了妻子，某日妻子想吃赤魚，正好豺遇見兩隻水獺在爭一隻魚，牠想用分配的方式得到魚，豺將魚頭和魚尾分給水獺，自己得到中間部分，拿回去給妻子吃。〔註8〕

佛用此故事說明弟子優婆難陀前世為豺，其貪得習性不改，今世一樣掠取他人財物，以告誡眾人戒貪。

此類型故事在金榮華先生的《民間故事類型索引》一書中，命名為「水獺爭魚請狼分」增訂型號51C，其故事梗概為：

兩隻水獺捉到了一條魚，都爭著要吃魚頭，不願吃魚尾，於是請狼裁決。狼說：去水深處的那隻吃魚頭，去水淺處的那隻吃魚尾。至於魚的中段，則做為我裁決的報酬。說完便銜著魚身溜了。〔註9〕

此類型故事也見於東南亞。觀察此類型故事流傳地區是來自印度，經由南傳佛教的路徑又傳入東南亞，也影響其當地的民間故事。〔註10〕

（二）狐狸挑撥生是非（型號ATK59A）

《經律異相》卷四十七〈師子虎為善友野干兩舌分身喪命六〉之故事大要如下：

過去世雪山下有二獸，有好毛師子與好牙虎，不遠處有兩舌野干，至二獸邊挑撥離間，野干告訴師子說：「虎有惡心於師子，虎明日見你時，閉目舐你的毛，要小心對你不利。」野干又告訴虎同樣的話。後來，虎向獅子求證，問是否對虎生惡心？師子說：「誰說的呢？」虎答言：「兩舌野干。」於是虎與師子互相驗證事實後，共同捉野干破作二分。《經律異相》的故事是摘錄自《十誦律》卷九（二誦之三）、《彌沙塞部和醯五分律》卷六、《野干兩舌經》而來。〔註11〕

「狐狸挑撥生是非」類型也見於佛經類書《諸經要集》卷第十五的〈兩舌緣第六〉之中，故事內容敘述大致相同。佛以此故事比喻畜生尚且為己利

〔註8〕 吳老擇編譯：《漢譯南傳大藏經・本生經》（高雄：元亨寺妙林出版社，1996年3月）第35冊，頁175～180。

〔註9〕 金榮華：《民間故事類型索引》（增訂本），頁115。

〔註10〕 陳曉貞：《漢譯南傳大藏經《本生經》故事研究》，臺北：中國文化大學中國文學系碩士論文，2011年6月，頁86～87。

〔註11〕 （梁）釋寶唱：《經律異相》，頁245～246。

益鬥亂，何況是人？皆為佛用來告誡弟子，勿在學道之路上互相兩舌爭鬥而違佛法。〔註12〕

　　「狐狸挑撥生是非」型故事，湯普遜原作59*號，丁乃通命名為「豺狼挑撥離間」，金榮華先生的《民間故事類型索引》一書中，增訂為59A，故事梗概為：「老虎和獅子或牛等是好朋友，狐狸挑撥牠們兩個說，一個想要傷害另一個，使牠們成為仇敵，或最後詭計被拆穿。」〔註13〕其傳入中國後也影響筆記小說創作，在明代筆記《古今譚概》，〈微詞部第30・寓言〉第五則中，有類似的故事。〔註14〕

　　此故事目前流傳於中國地區的有：四川的〈狐狸的悲劇〉（藏族）、陝西的〈為啥狐狸身上白一塊黑一塊〉、〈牛和驢為啥結仇〉、吉林的〈牛虎兄弟和大灰狼〉、雲南的〈鄰居〉（景頗族）、〈虎王、牛王為什麼被狐狸吃掉〉（傣族）和河南的〈龍虎鬥〉，他國則有菲律賓地區的《鳳凰鳥》。〔註15〕

　　故事結局主要有二種說法，以下說明：

1. 挑撥成功者

挑撥者	受挑撥者	事由與經過	故事名稱
狐狸	老虎、牛	狐狸和牛、虎結拜，狐狸想吃老虎、牛的肉，從中挑撥，之後老虎咬死牛，虎發現事實後又咬死狐狸。	蒙古〈老虎和紅花牛〉。〔註16〕
狐狸	雪豹、公牛	狐狸忌妒雪豹和公牛，又想吃他們的肉進行挑撥，雪豹和公牛互咬而死，狐狸吃了牠們的肉。	蒙古〈雪豹和公牛〉。〔註17〕
狐狸	獅子、犀牛	獅子和犀牛為好友，狐狸想吃他們的肉進行挑撥，獅子和犀牛互戰而死，狐狸吃了牠們的肉。	藏族〈獅子和犀牛〉。〔註18〕

〔註12〕（唐）道世集：《諸經要集》見《大正新脩大藏經》（臺北：新文豐出版公司，1983年元月），冊54，頁139。
〔註13〕金榮華主編：《民間故事類型索引》（增訂本），頁123。
〔註14〕金榮華主編：《中國歷代筆記故事類型索引》（新北市：中國口傳文學學會，2019年4月），頁55。
〔註15〕金榮華：《民間故事類型索引》（增訂本），頁123～124。
〔註16〕王崇輝編：《南京民間故事》（南京：江南古籍出版社，1990年3月），頁354～356。
〔註17〕郝蘇民、薛守邦編：《布里亞特蒙古民間故事集》（北京：中國民間文藝出版社，1984年5月），頁92～95。
〔註18〕曹廷偉編：《中國民間寓言選》（瀋陽市：遼寧少年兒童出版社，1985年9月），頁218～219。

鱉	龍、虎	鱉、龍、虎互相結拜為兄弟,鱉不耐煩龍和虎常去池塘找牠,挑撥龍和虎,龍和虎於是不去池塘住,鱉被漁夫抓走。	河南〈龍虎鬥〉。〔註19〕
野干	獅子、牛	野干想吃獅子和牛的肉,從中挑撥,獅子和牛互毆致死,野干吃了牠們的肉。	《根本說一切有部毘奈耶》卷二十六。〔註20〕

以上故事中挑撥者除了狡猾的狐狸和野干外,還出現了水生動物「鱉」,是比較罕見的。挑撥成功者不一定有好下場,如:狐狸最後被咬死、鱉被漁夫抓了。而定性不夠的受挑撥者也就成為了受害者。

2. 挑撥失敗者

挑撥者	受挑撥者	事由與經過	故事名稱
大灰狼	牛、虎	狼想當大王但打不過老虎,挑撥牛和虎,牛虎鬥三天後昏死,狼當起大王,牛虎醒後生氣將狼趕走。	吉林〈牛虎兄弟和大灰狼〉。〔註21〕
狐狸	老虎、獅子	狐狸忌妒老虎和獅子是好友進行挑撥,老虎和獅子彼此坦誠,發現狐狸詭計,老虎咬死狐狸。	四川〈狐狸的悲劇〉(藏族)。〔註22〕
狐狸	猴、老虎	狐狸想吃猴和老虎的肉,從中挑撥,猴和老虎大戰後發現狐狸詭計,狐狸反被牠們追打。	陝西〈為啥狐狸身上白一塊黑一塊〉。〔註23〕

挑撥失敗的結局是屬惡有惡報的法則,在情節上較一致,沒有太大起伏變化,是大快人心的說法。「狐狸挑撥生是非」類型故事呈現出動物的特性,並進而影射到人性的忌妒或貪慾弱點,為了滿足慾望而做出挑撥離間,破壞感情的行為,不管是否成功,在佛法的觀念中總是有業力的存在,最後都必須為自己的行為付出代價,因果不空,並不會占到任何便宜。

觀察後來所流傳的故事當中,幾乎都是以佛經故事的基本架構為主,流

〔註19〕陳慶浩、王秋桂主編:《中國民間故事全集·河南民間故事集》(臺北:遠流出版社,1989年6月),頁453～455。

〔註20〕義淨譯:《根本說一切有部毘奈耶》見《大正新脩大藏經》(臺北:新文豐出版公司,1983年元月),冊23,頁768。

〔註21〕《中國民間故事集成》吉林卷(北京:中國 ISBN 中心出版,2008年10月),頁378～380。

〔註22〕《中國民間故事集成》四川卷,頁1095～1096。也見於《中華民族故事大系》第2冊,頁307～308。《中國動物故事集》,頁94～95。

〔註23〕《中國民間故事集成》陝西卷,頁435～436。

傳地區大多在中國的西藏、雲南、蒙古等少數民族及東南亞等地,與南傳佛教路徑相同。〔註24〕因此可知此類型故事來自於印度。

(三)狼與鶴(型號 AT76)

《經律異相》卷十一〈為雀王身拔虎口骨十四〉之故事內容如下:

> 昔者菩薩身為雀王,慈心濟眾由護身瘡,有虎食獸骨拄其齒,病困將終。雀入口啄骨,日日若茲,雀口生瘡,身為瘦疵,骨出虎口,雀飛登樹,說佛經曰,殺為凶癘,其惡莫大,虎聞雀戒,勃然恚曰:「爾始離吾口,而敢多言。」雀觀其不可化,即速飛去。佛言:「雀者是吾身,虎者是調達。」〔註25〕

此故事是《經律異相》從〈雀王經〉摘錄而來,故事敘述老虎因吃了野獸,骨頭卡在牙縫中,病重將死之際,有好心的雀鳥幫助老虎啄骨救命,並勸其不要再殺生,虎卻獸性不改,反而趕走雀鳥,雀鳥了解虎不可教化,迅速離去。最後,佛告訴大眾:雀鳥是他的前世,虎是調達的前世。佛與調達累世不合,佛難以度化之,但佛仍總以慈悲的態度待之,此故事傳達了佛教慈悲、忍辱、戒殺的教義。

此類故事除了《經律異相》收錄之外,三國時期的吳・康僧會編譯的《六度集經》卷五〈忍辱度〉、姚秦・竺佛念所譯的《菩薩瓔珞經》卷十一〈譬喻品第三十二〉、唐・義淨譯的《根本說一切有部毗奈耶破僧事》卷十五、《漢譯南傳大藏經》的《本生經》第三百零八則〈速疾鳥本生譚〉、《佛本生故事選》的〈速疾鳥本生〉等,都有「狼與鶴」此類型故事。和〈雀王經〉比較後,稍有差異的是故事中的老虎角色換成獅子,雀鳥換成啄木鳥取獸骨;在情節上,又增加了啄木鳥在取獸骨時,先用一根樹枝撐開獅子嘴巴的細節。結局部分,在《根本說一切有部毗奈耶破僧事》中敘述啄木鳥被老鷹追,驚嚇又飢餓之虞,看見獅子正在吃鹿,想過去分食遭獅子拒絕,獅子說:「你能從我嘴裡出來應該感到慶幸,還想得到甚麼?」其他說法也是啄木鳥向獅子分食,卻都沒有得到。此故事又出現在《經律異相》卷四十七〈師子食象哽死木雀為拔得蘇後遂忘恩三〉是摘錄自《菩薩瓔珞經》,其故事內容如下:

> 佛告目連,昔光明佛時作師子王,吾為梵志修於淨行,逢一象王殺而食之,脾骨哽咽,死而復蘇時告木雀,幫牠挽骨,後若得食,當

〔註24〕陳曉貞:《漢譯南傳大藏經《本生經》故事研究》,頁94。

〔註25〕(梁)釋寶唱:《經律異相》,頁60。

相報恩，木雀聞之入口，盡力拔骨，乃得去之。時師子王後日求食，大殺群獸，木雀在側，少多求恩，師子不報，當師子吃飽便睡覺時，木雀飛往師子處，將師子一眼啄壞，師子驚起，左右顧視，不見餘獸，唯見木雀獨在樹上。師子王者，今勇智菩薩是；時木雀者，今目揵連是。〔註26〕

以上故事情節描述獅子不願報恩之後，增加了木雀待獅子吃飽後睡覺時，將其一眼啄壞。

在故事類型編纂中，類型名稱是「狼與鶴」（型號 AT76），丁乃通命名為「狼和鶴」，於金榮華先生的《民間故事類型索引》一書中，故事梗概為：

鶴將梗在狼或獅虎喉嚨的骨頭取出後，狼對牠說，你把頭伸進我的嘴裡時我不把你咬死，就是給你的報酬；或是骨頭被取出後，狼因久未能食，肚子很餓，就一口將鶴吃了。〔註27〕

至今，在世界各地已流傳甚廣，早在古希臘時期的《伊索寓言》中，就有〈狼和鷺鷥〉的故事，此外，在芬蘭、愛爾蘭、德國、俄國等東歐地區，以及非洲、加勒比海、印度、西班牙、義大利、阿拉伯等地皆有流傳。〔註28〕

近年來，在中國各地也流傳不少這一類型的故事，例如：瑤族〈老鴉和獅子〉的故事〔註29〕、藏族〈狼和天鵝〉的故事〔註30〕、蒙古族〈狼和鶴〉的故事〔註31〕、傣族〈老虎和啄木鳥〉的故事〔註32〕、景頗族〈忘恩負義的老虎〉的故事〔註33〕。這些故事的角色都是獸類與禽類的組合。獸類包含老虎、獅子、狼；禽類有雀、啄木鳥、天鵝、鶴、老鴉等，獸類被骨頭卡到，由禽類救助獸類。例如，瑤族的故事敘述老鴉幫助獅子清除阻塞物後，來不及

〔註26〕（梁）釋寶唱：《經律異相》，頁244～245。

〔註27〕金榮華：《民間故事類型索引》（增訂本），頁134。

〔註28〕Sith Thompson, *The Types of the Folktale* (Helsinki, Academia Scientiarum Fennica, 1981), pp.242~243.

〔註29〕曹廷偉編：《中國民間寓言選》（瀋陽：遼寧少年兒童出版社，1985年9月），頁104。

〔註30〕曹廷偉編：《中國民間寓言選》，頁268。

〔註31〕莎仁高娃搜集，胡爾查譯：《蒙古族動物故事》（北京：中國民間文藝出版社，1984年6月），頁90～91。

〔註32〕勐臘縣民委、西雙版納州民委：《西雙版納傣族民間故事集成》（昆明：雲南人民出版社，1993年6月），頁682。

〔註33〕中華民族故事大系編委會編：《中華民族故事大系》（上海：上海文藝出版社，1995年12月），冊10，頁353～354。

飛走，被獅子恩將仇報給吞了；傣族的故事說老虎與啄木鳥最終成為好友，老虎會自動分食給啄木鳥，有報恩表現；景頗族的說老虎氣走啄木鳥，當再次卡到獸骨，無人可幫助之下，只好後悔等待死亡。

通常故事結局分為四種：1.禽類好意幫助，獸類反不領情，認為不吃禽類已是恩惠，還罵走禽類，屬「忘恩負義」類；2.獸類罵走禽類後，又在遇相同之事，但禽類以不想救牠，屬「忘恩負義者得報應」類；3.禽類來不及飛走就被獸類吃了，屬「恩將仇報」類；4.禽類與獸類成為好朋友，屬「知恩圖報」類。

「狼與鶴」故事是人觀察生活中動物的行為後，將其比喻為人際關係互動的現象，吸取經驗後成為人生的生活智慧。

（四）肝在家裡沒有帶（型號 AT91）

《經律異相》卷二十三〈暴志前生為鼈婦十三〉之故事大要如下：

有暴志比丘尼者，謗毀佛僧，佛言，不但今世，過去無數劫時，一獼猴王居林樹食果飲水，當時有一鼈，與其為知心友，鼈數往來到獼猴所，飲食聊天，其婦見之，於是心懷不軌裝重病，告訴鼈需要獼猴肝治病。於是鼈請獼猴到家中吃飯。獼猴答曰：「我家在陸地，你在水中，如何到達？」鼈說：「我載你。」獼猴從之，鼈載到中途告訴獼猴說：「我老婆生病了，須要你的肝。」獼猴說：「為何不早說呢？我的肝掛在樹上，必須回去拿來，你隨我回去取肝。」猴子回去，就歡喜地跳上梁。鼈問說：「你應該取肝來，到我家去，怎麼反而跳上梁？」獼猴答曰：「天下最愚蠢的，莫勝過你，共為親友，寄身託命，還要害人。」鼈婦前世是暴志，鼈是調達，獼猴王是佛。〔註34〕

《經律異相》的故事是從《鼈獼猴經》摘錄而來，相同故事出現於其他經典尚有：《六度集經》卷四、《佛本行集經》卷三十一、《漢譯南傳大藏經》的《本生經》第二百零八則〈鱷本生譚〉、第三百四十二則〈猿本生譚〉及《佛本生故事選》的〈鱷魚本生〉。內容都是敘述一位誹謗佛、詆毀僧眾的比丘尼，累世皆有謀害佛與僧眾之心，在《佛本行集經》中，過去世騙獼猴的是海蚘，今世騙佛者為魔王波旬。南傳的兩則本生譚，說過去世誘騙猿猴的鱷魚是提婆達多，〈鱷本生譚〉又說鱷妻是栴闍女，皆是謀害佛之角色。觀察佛經中故事的發展較為一致，都是水中動物：烏龜、鼈、蚘、鱷魚等，為了妻子想吃猴

〔註34〕（梁）釋寶唱：《經律異相》，頁 128。

肝治病，誘騙猴子入水中，最後猴子機智謊稱，肝放在家裡沒有帶而脫險，在《六度集經》和《南傳本生經》中以獼猴、雄鼈或鱷魚、雌鼈或鱷妻分別為佛、調達和調達妻的前世；在《經律異相》和《生經》中，分別為佛、調達和暴志比丘的前世；《佛本行集經》對應的是佛與魔王波旬的前世。以佛本生故事而言，敘述佛與調達夫婦的關係情節，是較為合理些的。〔註35〕

此故事丁乃通先生命名為「猴子的心忘在家裡了」，金榮華先生則命名為「肝在家裡沒有帶」，故事梗概為：

> 海龜要取用猴子的肝治病，將猴子騙去海中。猴子聞知後對海龜說：我的肝是靈藥，覬覦的人很多，因此鎖藏家中，並不隨身攜帶。你若早說，我就帶來了。海龜信以為真，送猴子回去拿，猴子於是脫險。〔註36〕

敘述海龜想吃猴肝治病，猴子騙牠放在家裡沒帶在身上，此類故事流傳亦廣，亞洲地區包含：中國（上海、河南、山西、陝西、寧夏、甘肅、內蒙古、黑龍江、吉林、福建）、日本、韓國、菲律賓、印尼、印度、馬來西亞；歐洲地區有西班牙、匈牙利、拉脫維亞；中南美洲與非洲等地亦見流傳。〔註37〕

根據佛經中記載的故事基本情節大致為：（1）水中動物與猴子做好朋友。（2）水中動物哄騙猴子下水，欲取其肝為妻或其他親屬治病。（3）猴子謊稱肝放在家裡或掛樹梢，騙水中生物將猴子送回陸地而脫險。

但也有不同說法，主要有四種：

1. 烏龜為了妻子，誘捕猴子

此說法見於：《六度集經》〈兄（獼猴）本生〉〔註38〕、《生經》卷一〈佛說鼈獼猴經〉〔註39〕、《佛本行集經》卷三十一〔註40〕、《漢譯南傳大藏經・

〔註35〕林彥如：《六度集經故事研究》（新北市：花木蘭文化出版，2017 年 3 月），頁 79。

〔註36〕金榮華主編：《民間故事類型索引》（增訂本），頁 140。

〔註37〕Sith Thompson,"*The Types of the Folktale*" (Helsinki, Academia Scientiarum Fennica, 1981), pp.242~243.

〔註38〕（吳）康僧會：《六度集經》，見《大正新脩大藏經》（臺北：新文豐出版公司，1983 年 1 月），冊 3，頁 19b～c。

〔註39〕（西晉）竺法護譯：《生經・佛說鼈獼猴經》，見《大正新脩大藏經》（臺北：新文豐出版公司，1983 年 1 月），冊 3，頁 76b～77a。

〔註40〕（隋）闍那崛多譯：《佛本行集經》見《大正新脩大藏經》（臺北：新文豐出版公司，1983 年 1 月），冊 3，頁 798b～799a。

本生經》的〈鱷本生譚〉〔註41〕、〈猿本生譚〉〔註42〕，《佛本生故事選》的〈鱷魚本生〉。其他亦有：藏族〈龜與猴〉〔註43〕、〈猴子和青蛙〉〔註44〕，青海土族〈猴子和鼈〉〔註45〕、〈猴子和魚精〉〔註46〕，及印度《五卷書》的〈海怪與猴子交朋友〉〔註47〕、《故事海選》〔註48〕等。

2. 龍王需要猴肝治病，所以令臣子誘捕猴子

此說法見於上海楊浦區的〈烏龜和猴子〉〔註49〕、浙江的〈海母隨潮飄〉〔註50〕、陝西嵐皋縣的〈猴子和鼈打老庚〉〔註51〕、吉林朝鮮族的〈兔子和烏龜〉〔註52〕、吉林四平縣的〈哪有猴心掛樹梢〉〔註53〕。

3. 誘騙猴子的動物自己想吃猴肝、猴心或猴子

此說法見於土家族〈猴子和團魚〉〔註54〕、藏族〈猴子和狐狸〉〔註55〕、

〔註41〕元亨寺漢譯南傳大藏經編譯委員會：《漢譯南傳大藏經》（高雄：元亨寺妙林出版社，1995年7月），冊33，頁157～160。

〔註42〕元亨寺漢譯南傳大藏經編譯委員會：《漢譯南傳大藏經》，冊34，頁324～326。

〔註43〕陳慶浩、王秋桂主編：《中國民間故事全集》（臺北：遠流出版社，1989年6月），冊40《西藏民間故事集》，頁482～485。

〔註44〕上海文藝出版社編：《中國動物故事集》（上海：上海文藝出版社，1978年5月），頁114。

〔註45〕朱剛等編：《土族撒拉族民間故事選》（上海：上海文藝出版社，1992年9月），頁263～265。

〔註46〕中國民間文學集成編輯委員會編：《中國民間故事集成》青海卷（北京：中國ISBN中心出版，2007年），頁318～319。

〔註47〕季羨林譯：《五卷書》（北京：人民文學出版社，2001年8月），頁312～317。

〔註48〕黃寶生、郭良鋆、蔣忠新譯：《故事海選》（北京：人民文學出版社，2001年8月），頁334～335。

〔註49〕楊浦區民間文學集成編委會：《中國民間文學集成上海卷楊浦區分卷》（浙江：楊浦區民間文學集成編委會，1989年2月），頁155～156。

〔註50〕陳慶浩、王秋桂主編：《中國民間故事全集》，冊22，《浙江民間故事集》，頁422～425。

〔註51〕中國民間文學集成編輯委員：《中國民間故事集成》陝西卷（北京：中國ISBN中心出版，1996年9月），頁438。

〔註52〕陳慶浩、王秋桂主編：《中國民間故事全集》（臺北：遠流出版社，1989年6月），冊34，《吉林民間故事集》，頁441～451。

〔註53〕中會國民間文學集成編輯委員：《中國民間故事集成》吉林卷（北京：中國文聯出版公司，1992年11月），頁386～387。

〔註54〕中華民族故事大系編委會編：《中華民族故事大系》（上海：上海文藝出版社，1995年12月），冊5，頁978～979。

〔註55〕田海燕、雛燕編：《金玉鳳凰》（上海：少年兒童出版社，1992年3月），頁380～382。

菲律賓的〈聰明的猴子〉〔註56〕。

4. 動物騙吃猴肝不得，又伺機偷襲或拐騙猴子

此說法與型號AT66A「房子會說話，敵人中了計」〔註57〕複合而成，見於蒙古族〈烏龜和猴子〉〔註58〕、〈癩蛤蟆和猴子〉〔註59〕，藏族的〈烏龜和猴子〉〔註60〕，鄂溫克族的〈猴子和烏龜〉〔註61〕。

故事在流傳過程中，除了基本核心情節單元，隨著時地差異，融入當地文化衍生出不同的情節，使之獨具特色，「害人之心不可有，防人之心不可無」是此類型故事的寓意之一，猴子對朋友真心相待，惹來背叛，最後機警地保住自己，脫離生命危險，此作為生活上人際互動的智慧與借鑒。

（五）報恩的動物和忘恩的人（型號AT160）

《經律異相》卷十一〈為大理家身濟鱉及蛇狐四〉故事大要如下：

菩薩過去世為大財主，仁慈又事奉三尊，曾於一商賈手中救下一鱉，並將其放生。後來鱉知恩圖報，某日，將洪水即將來臨消息告訴大財主，並將他帶到安全的地方。途中，大財主救了一蛇、一狐，和一位溺人。狐狸報答菩薩，送他金子，菩薩取之救濟眾生，溺人得知向其要金子不得反陷害他，之後，蛇又以妙計救了菩薩，並使他官至相國，教化眾生。（出布施度無極經）。〔註62〕

《經律異相》卷二十六〈日難王棄國學道濟三種命四〉故事大要如下：

過去有一國王名叫日難，獨自一人到杳無人煙的山中修行，每天只吃一缽的食物，就這樣獨自居住在山林約三十年的時間。一日，行經一棵大樹下，見有個深坑中有位因追捕鹿而掉入的獵人，及誤落坑中受傷的蛇和鳥。因修

〔註56〕 伊靜軒編：《菲律濱的民間故事》（香港：中華國語教育社，1953年9月），頁50～51。

〔註57〕 金榮華：《民間故事類型索引》（增訂本），頁129。

〔註58〕 胡爾查譯：《蒙古族動物故事》（北京：中國民間文藝出版社，1984年6月），頁42～44。

〔註59〕 胡爾查譯：〈癩蛤蟆和猴子〉，《民間文學》，總第25期（北京：人民文學出版社，1957年4月），頁19～20。

〔註60〕 陳拓記譯：〈烏龜和猴子〉，《民間文學》，總第25期（北京：作家出版社，1959年5月），頁66～68。

〔註61〕 葛西瑪講述：〈猴子和烏龜〉，見《中華民族故事大系》，冊14，頁978～980。

〔註62〕 （梁）釋寶唱：《經律異相》，頁57。

行人的救助，獵人得以保存性命，於是獵人想供養他。修行人拒絕並請他們回去。有一天，修行人行經獵人舍宅，獵人遠遠地便看到他走過來。於是便假裝熱忱欲供養，實際卻極盡虛偽。修行人沒有得到供養，於是又回到山上。鳥知道後，飛到般遮國，看到王后寢宮中有一顆明珠，便將此珠銜回，供養修行人。王后小憩起來找不到明珠，急忙告訴國王，國王於是立刻下詔，如果有拾獲此珠者，賞金銀各千兩；如果有知而不報者，則受重懲。修行人得到此珠並不貪著，便拿去轉送給獵人。獵人一見此珠，也不問來龍去脈，便將修行人綑綁送到王宮。國王生氣地責問修行人，其始終一言不發，於是國王便命人杖打修行人。雖身受苦楚，修行人心中卻非常平靜，既不怨王，也不恨獵人，於是修行人在獄中呼叫「長」，蛇聽到有人呼叫自己，於是速速循聲前往。蛇見到修行人明白個中原委，於是想了一個辦法，說：「我入宮咬殺太子，到時候你再拿這個解藥去救他，或許便能因此而脫困。」夜晚蛇便潛進宮中，咬了熟睡的中太子，太子馬上毒發，陷入昏迷。太子昏迷後三天，王下令：「只要有人能救活太子，就把國家分給他治理。」修行人得知此消息便說：「我可以救活太子。」王一聽心中非常歡喜，趕緊將修行人招來，用藥治癒了太子。國王依承諾要將國家分於修行人，修行人於是將事情的本末告訴國王，王聽了以後感動地淚流滿面，便下令將獵人治罪。然而，修行人仍未接受國王的慰留，又獨自一人回到山中，於道業上繼續精進不懈，壽終便往生天上。〔註63〕

《經律異相》卷四十四〈慈羅放鼈後遇大水還濟其命四〉故事大要如下：

慈羅傾其家產買鼈放生，發生水難時，鼈報恩載他逃難，途中救得一女，又救賣鼈子與數升蛾。至那竭國，女子便以金謝慈羅。賣鼈人言，此鼈本是他賣的，向慈羅要金，慈羅不給他，賣鼈子便造謠害他。之後那竭國王要斬殺慈羅，當吏要下筆書，蛾輒緣筆不成字，王好奇便問慈羅，慈羅告訴國王事實後，賣鼈者就被國王殺了。〔註64〕

類似的故事在其他佛經中亦有：《六度集經》卷三〈理家本生〉〔註65〕、卷五〈摩天羅王經〉〔註66〕，《漢譯南傳大藏經》的《本生經》中的〈真實語

〔註63〕 （梁）釋寶唱：《經律異相》，頁142～143。

〔註64〕 （梁）釋寶唱：《經律異相》，頁228。

〔註65〕 （吳）康僧會：《六度集經》，見《大正新脩大藏經》（臺北：新文豐出版公司，1983年1月），冊3，頁29b～c。

〔註66〕 （吳）康僧會：《六度集經》，頁28a～c。

本生譚〉〔註67〕、《佛本生故事選》的〈箴言本生〉〔註68〕。

在印度的故事集《五卷書》中,有〈老虎、猴子、蛇和人〉〔註69〕,此故事除了救人背景不同外,其餘情節大致相同,若將中國與印度的故事比較,由情節單元可知,故事源自印度,傳入中國後,融入當地的文化再創造。

此故事丁乃通先生命名為「感恩的動物,忘恩的人」〔註70〕,金榮華先生命名為「報恩的動物和忘恩的人」,故事梗概為:

> 一個人在危難當中救了一些小動物和另一個人,這個被救的人後來
> 卻陷害他的救命恩人,被救的動物則合力幫助恩人逃出牢獄,洗刷
> 冤情,使忘恩負義者得到應有的懲罰。〔註71〕

人救了遇難的動物和人,動物報恩,人卻恩將仇報,最後負義之人得到懲罰。

故事流傳於中國地區有:維吾爾族〈落進陷坑裡的巴依〉〔註72〕、景頗族〈司提瓦與孤兒麻糯〉〔註73〕、江蘇〈寶船〉〔註74〕、雲南西雙版納傣族的〈金虎、銀蛇、寶猴〉〔註75〕、雲南普米族的〈孤兒和書生〉〔註76〕、錫伯族的〈仁兄難弟〉〔註77〕、撒拉族的〈一塊玉石〉〔註78〕、壯族的〈猴

〔註67〕 元亨寺漢譯南傳大藏經編譯委員會:《漢譯南傳大藏經》(高雄:元亨寺妙林出版社,1995 年 7 月),冊 32,頁 76～81。

〔註68〕 郭良鋆、黃寶生譯:《佛本生故事選》(北京:人民文學出版社,2001 年 8 月),頁 182～183。

〔註69〕 季羨林譯:《五卷書》(北京:人民文學出版社,2001 年 8 月),頁 312～317。

〔註70〕 丁乃通著:《中國民間故事類型索引》,武漢:華中師範大學出版社,2008 年 4 月,頁 23。

〔註71〕 金榮華主編:《民間故事類型索引》(增訂本),頁 182。

〔註72〕 孫二木譯:〈落進陷坑裡的巴依〉,《中華民族故事大系》,(上海:上海文藝出版社,1995 年 12 月),冊 2,頁 439～442。

〔註73〕 景銳芳、艾佳蒐集、刀麻果譯:〈司提瓦與孤兒麻糯〉,《中華民族故事大系》,冊 10,頁 152～155。

〔註74〕 姜慕晨蒐集:〈寶船〉,《民間文學》總第 30 期(北京:人民文學出版社,1957 年 9 月),頁 39～45。

〔註75〕 勐臘縣民委、西雙版納州民委編:康朗叫、岩溫講述〈金虎、銀蛇、寶猴〉,《西雙版納傣族民間故事集成》(昆明:雲南人民出版社,1993 年 6 月),頁 653～657。

〔註76〕 景銳芳、艾佳蒐集、刀麻果譯:〈孤兒和書生〉,《中華民族故事大系》,冊 14,頁 194～200。

〔註77〕 景銳芳、艾佳蒐集、刀麻果譯:〈仁兄難弟〉,《中華民族故事大系》,冊 13,頁 424～428。

〔註78〕 海姐講述:〈一塊玉石〉,《土族撒拉族民間故事選》(上海:上海文藝出版社,1992 年 9 月),頁 410～413。

子報恩〉〔註79〕、〈漁夫和皇帝〉〔註80〕、廣西的〈漁夫和官〉〔註81〕、陝西的〈蔣恩不報反為仇〉〔註82〕、吉林的〈王恩和石義〉異文（一）〔註83〕；臺灣雲林地區有〈救蟲不要救人〉〔註84〕；外國地區有：北歐的芬蘭、法國、德國、義大利、匈牙利、波蘭、希臘、土耳其，與東歐、非洲等地區。〔註85〕

　　AT160 型「報恩的動物和忘恩的人」故事發展到後來與其他類型複合，整理如下表所示：

類別	複合故事型號與名稱	故事大要	相關文獻資料
1	AT160＋AT825A「陸沉的故事」〔註86〕	善良的人得到洪水將來的警告，想捉弄人的人反而是警示洪水將到的執行者，沒想到洪水真的來了，接著主角在洪水中救人或動物，人忘恩，動物報恩的情節。	《龍圖公案・石獅子》〔註87〕、臺灣〈流血的獅子〉〔註88〕、〈有度量有福氣〉〔註89〕。

〔註79〕覃健蒐集整理：〈猴子報恩〉，見陳慶浩、王秋桂主編：《中國民間故事全集》，冊5《廣西民間故事集》（臺北：遠流出版社，1989年6月），頁347～351。

〔註80〕農冠品、曹廷偉編：《壯族民間故事選》（南寧：廣西人民出版社，1982年4月），頁152～157。又見於《中華民族故事大系》，冊3，頁492～497。

〔註81〕譚燕玲、羅尚武主編：《左江明珠》（廣西：廣西民族出版社，2002年7月），頁161～162。

〔註82〕中國民間文學集成編輯委員會：《中國民間故事集成》陝西卷（北京：中國ISBN中心出版1996年9月），頁536～537。

〔註83〕中國民間文學集成編輯委員會：《中國民間故事集成》吉林卷（北京：中國ISBN中心出版，1994年9月），頁526～528。

〔註84〕胡萬川、陳益源總編輯：《雲林縣閩南語故事集三》（雲林：雲林縣文化局，2001年1月），頁168～181。

〔註85〕Stith Thompson, "*The Types of the Folk*" (Helsinki, Academia Scientiarum Fennica, 1981), pp.242~243.

〔註86〕金榮華：《民間故事類型索引》（增訂本），頁552～553。

〔註87〕王以昭主編：《罕本中國通俗小說叢刊》第一輯（臺北：天一出版社，1974年9月），頁4～9。

〔註88〕江肖梅編：《臺灣民間故事》（新竹：新竹市政府，2000年3月），第14集，頁33～45。

〔註89〕楊照陽等編：《臺中市民間文學采錄集4》（臺中：臺中市文化局，2000年12月），頁53～62。

2	AT160＋AT825A＋301「雲中落繡鞋」〔註90〕	洪水產生後，善人救了動物和惡人，惡人和恩人又一起去救王女，惡人搶了恩人功勞並陷害，最後動物幫助恩人安全回來娶得王女。	〈王大傻的故事〉〔註91〕、鄂溫克族的〈阿格迪〉〔註92〕、吉林的〈王恩和石義〉〔註93〕、遼寧的〈王恩石義〉〔註94〕、福建的〈只可救蟲不可救人〉〔註95〕。
3	AT160＋ATK555D「龍宮得寶獲娶妻」〔註96〕	人救了龍宮的王子或王女，受邀遊龍宮，並得到龍王賞賜後來可救人的寶物。	雲南〈救命葫〉〔註97〕、黑龍江〈好心人和壞心人〉〔註98〕。
4	AT160＋ATK555D＋AT301	主角救了動物和惡人，惡人與恩人一起去救被妖怪擄走的王女，惡人救走王女並陷害恩人受困於洞中，恩人於洞中又救出龍王子，因此跟了去龍宮得到寶物，藉寶物和動物的幫助娶得救出的公主。	吉林〈王恩和石義〉異文（二）〔註99〕、遼寧〈王恩石義〉異文〔註100〕。
5	AT160＋ATT400D「動物變成的妻子」〔註101〕	主角於洪水中救了人與動物，被救之妻子推老公，反落水中，被救動物變成妻子幫助恩人理家。	〈大水的故事〉〔註102〕

〔註90〕 金榮華：《民間故事類型索引》（增訂本），頁 255。
〔註91〕 林蘭：《瓜王》（臺北：東方文化書局，1981 年），頁 62〜86。
〔註92〕 中華民族大系編委會編：《中華民族故事大系》，冊 14，頁 883〜894。
〔註93〕 中國民間文學集成編輯委員會：《中國民間故事集成》吉林卷（北京：中國文聯出版公司，1992 年 11 月），頁 385〜386。
〔註94〕 中國民間文學集成編輯委員會：《中國民間故事集成》遼寧卷（北京：中國ISBN 中心出版，1994 年 9 月），頁 531〜534。
〔註95〕 中國民間文學集成編輯委員會：《中國民間故事集成》吉林卷，頁 574〜577。
〔註96〕 金榮華主編：《民間故事類型索引》（增訂本），頁 407〜408。
〔註97〕 中華民族大系編委會編：《中華民族故事大系》，冊 7，頁 386〜393。
〔註98〕 中華民族大系編委會編：《中華民族故事大系》，冊 16，頁 232〜237。
〔註99〕 中國民間文學集成編輯委員會：《中國民間故事集成》吉林卷（北京：中國文聯出版公司，1992 年 11 月），頁 528〜531。
〔註100〕 中國民間文學集成編輯委員會：《中國民間故事集成》遼寧卷，頁 534〜540。
〔註101〕 金榮華主編：《民間故事類型索引》（增訂本），頁 309〜310。
〔註102〕 中華民族大系編委會編：《中華民族故事大系》，冊 15，頁 704〜707。

| 6 | AT160＋AT613「精怪大意洩秘方」〔註103〕 | 主角於洪水中救了人與動物，動物送寶物給他，寶物被所救的人拿走，主角追寶物途中，無意中聽見精怪談話，使他解決困境得到寶物，害他的人也學他聽精怪說話反而送命。 | 〈救蟲不救人〉〔註104〕 |

　　觀察「報恩的動物和忘恩的人」的各種異說與複合情形，可得知故事源頭來自印度，傳到各地再加以變化融合當地文化，於是加上許多冒險得寶、遇妖怪或遊龍宮的奇幻經歷等情節，佛經中的義理也逐漸淡化，使故事更加豐富精彩。

（六）「驢披獅皮難仿聲」（型號 AT214B）

　　《經律異相》卷四十七〈師子王有十一勝事二〉的故事如下：

> 師子〔註105〕王生，住深山大谷，方頰巨骨，身肉肥滿，頭大眼長，眉高而廣，口鼻淵方，齒齊而利，吐赤白舌，雙耳高上，脩脊細腰，其腹不現，六牙長尾，髦髮光潤，自知氣力，牙爪鋒芒，四足據地，安住巖穴，振尾出聲，若有能具，如是相者，當知真師子王。……凡聞師子吼，水住深潛，陸行藏穴，高飛墮落，厩中香象，振鎖斷絕，失糞怖走，猶如野干，雖學師子至百千年，終不能作師子之吼，若師子子生，始三歲則能哮吼。香山徑有師子，飛鳥走獸，絕跡不闚，一切畜生，師子為最。（出《涅槃經》第二十五卷又《大智論》）。〔註106〕

於西晉沙門法炬譯的《佛說群牛譬經》〔註107〕、鳩摩羅什譯的《眾經撰譬喻

〔註103〕 金榮華：《民間故事類型索引》（增訂本），頁 450～451。

〔註104〕 中國民間文學集成編輯委員會：《中國民間故事集成》福建卷（北京：中國 ISBN 中心出版，1998 年 12 月），頁 577～579。

〔註105〕 丁福保編：《佛學大辭典》（臺北：天華出版，1987 年 7 月），頁 1843。：「（動物）又作獅子，梵語枲伽 Simha，又曰僧伽彼，獸中之王也。經以譬佛之勇猛。《無量壽經》上曰：「人雄師子，神德無量。」

〔註106〕 （梁）釋寶唱：《經律異相》，頁 244。

〔註107〕 （西晉）法炬譯：《佛說群牛譬經》，見《大正新修大藏經》，冊 4，頁 0800b07：「爾時，世尊告諸比丘：「譬如群牛，志性調良，所至到處，擇軟草食、飲清涼水。時有一驢，便作是念：『此諸群牛，志性調良，所至到處，擇軟草食、飲清涼水。我今亦可効彼，擇軟草食，飲清涼水。』時彼驢入群牛中，前腳跑土，觸嬈彼群牛，亦効群牛鳴吼，然不能改其聲：『我亦是牛，我亦是牛。』然彼群牛，以角觝殺，而捨之去，此亦如是。」

經》之「師子皮被驢，雖形似獅子，而心是驢。」〔註108〕、唐‧玄奘譯的《大乘大集地藏十輪經》之「有驢被師子皮，而便自謂，以為師子，有人遙見，謂其師子。及至鳴已，皆識是驢。」〔註109〕，皆有同型的故事。

此類型故事丁乃通先生作 214B*，命名為「身披獅皮的驢子一聲大叫，現出原形」〔註110〕在金榮華先生的《民間故事類型索引》一書中，故事梗概為：

> 驢子披上獅皮以後被誤認為是獅子，或是狐狸偶然被染成了其他顏色而冒充獸王，但是在牠發出叫聲以後就露出了真相。〔註111〕

季羨林先生從印度古代民間故事集《五卷書》、《益世嘉言集》、《故事海》及巴利文的《佛本生經》中找到了故事的來源。〔註112〕

類似情節亦見於敦煌文書 P.3876 所引〈驢虎相爭〉故事：

> 如太行山南是澤州，山北是路（潞）州，兩界內山中有一□（人）家，驅驢駄□（物），每日興望（易）。後時打驢，脊破，放驢在於山中而養。有智惠人語道：「山中有大蟲無數，則何計校免於蟲咬？取麻，假作師子皮，在驢成（？）著。」後時，此驢乃作聲，被他大蟲驚喪，咬如道士。道人雖著黃衣黑服，不依經法，心（身）乃不持戒，行不合語，由始假驢□，口語廢他門坐（座）。〔註113〕

與唐‧柳宗元的〈黔之驢〉內容如下：

> 黔無驢，有好事者船載以入。至則無可用，放之山下。虎見之，龐然大物也，以為神，蔽林間窺之。稍出近之，憖憖然，莫相知。他日，驢一鳴，虎大駭，遠遁；以為且噬己也，甚恐。然往來視之，覺無異能者；益習其聲，又近出前後，終不敢搏。稍近，益狎，蕩倚衝冒。驢不勝怒，蹄之。虎因喜，計之曰：「技止此耳！」

〔註108〕道略集，姚秦三藏鳩摩羅什譯：《眾經撰譬喻經》，見《大正新修大藏經》，冊4，頁533。

〔註109〕（唐）玄奘譯：《大乘大集地藏十輪經》，見《大正新修大藏經》，冊13，頁756。

〔註110〕丁乃通：《中國民間故事類型索引》，武漢：華中師範大學出版社，2008年4月，頁29。

〔註111〕金榮華：《民間故事類型索引》（增訂本），頁202。

〔註112〕季羨林：〈柳宗元《黔之驢》取材來源考〉，《中國文選》，1967年10月，頁23～28。

〔註113〕施萍婷：《敦煌遺書總目索引新編》（北京：中華書局，2000年7月），頁302。

因跳踉大㘎，斷其喉，盡其肉，乃去。噫！形之龐也類有德，聲之宏也類有能。向不出其技，虎雖猛，疑畏，卒不敢取。今若是焉，悲夫！〔註114〕

比較敦煌文書與柳宗元的〈黔之驢〉內容，其差異處為：

1. 敦煌文書 P.3876 中故事發生地點是在在太行山的澤州（按：唐貞觀元年後州治在今山西省晉城縣）與潞州（按：唐以後州治在今山西長治縣）之間的兩界山，按現在的地理方位而言是華北，而柳氏寓言則改成了黔，即今貴州，按今之地理方位而言是在西南。

2. P.3876 寫卷中的驢是被主人披上麻衣而偽裝成獅子的，這個情細節在柳氏寓言裡則被棄置未用。

   P.3876 寫卷是綜合多個佛經故事重新寫成的，把故事原有的印度文化融入中國元素，如，地點的更換、用麻來代替佛經中的真獅子皮、俗語詞像「大蟲」的運用等。〔註115〕

另，據柳宗元〈送巽上人赴中丞叔父召序〉之自敘說：「自幼學佛，求其道，積三十年。」〔註116〕可知，柳宗元自幼學佛，曾受佛學薰陶，因此其創作應是受到佛經故事之影響，非是憑空創作而來。

此故事亦見於中國的新疆、青海，臺灣的民間故事及希臘的《伊索寓言》。〔註117〕

（七）人體器官爭功勞（型號 AT293）

《經律異相》卷十七〈兄弟爭財請佛解競為說往事便得四果第十二〉之故事敘述大要如下：

佛在羅閱祇竹園中的時候，有大姓子兄弟四人，因父母早亡，共爭居財，舍利弗帶他們至佛所聽其解說，佛說昔有一位國王生病，需要獅子乳合藥，找到之人即妻他小女並分封賞地，有一貧人巧點獅子所在，有一羅漢與此人同宿，目睹其人身中六神識，足、手、目、耳、舌等互相爭功，於是舌頭亂說

〔註114〕（唐）柳宗元：《柳河東集·黔之驢》見《景印文淵閣四庫全書·集部》（臺北：臺灣商務印書館出版，1983～1986 年），冊 1076，頁 186。

〔註115〕李小榮：〈佛教與〈黔之驢〉——柳宗元〈黔之驢〉故事來源補說〉，《普門學報》第 32 期，2006 年 3 月，頁 177～188。

〔註116〕（唐）柳宗元：《柳宗元集校注》（北京：中華書局，2013 年 10 月），第五冊，頁 1676～1677。

〔註117〕金榮華：《民間故事類型索引》（增訂本），頁 202。

話，羅漢則道出事實，國王相信羅漢所說。道人告訴國王，一個人的身體意識尚且互相違反，何況是別人，於是國王也受戒修行。佛也告訴弟子阿難，四兄弟前世為商人，舍利弗前世有受四個商人供養袈裟的因緣，所以這一世，舍利弗來渡化此四兄弟。〔註118〕《經律異相》的故事是摘錄自《惟婁王師子乳譬喻經》而來。

故事隨佛經傳入中國後，影響中國筆記小說的創作，類似的情節，初見於王讜所撰《唐語林》卷六中，內容如下：

> 顧況從辟，與府公相失，捭出幕。況曰：「某夢口與鼻爭高下，口曰：「我談今古是非，爾何能，居我上？」鼻曰：「飲食非我不能辨。」眼謂鼻曰：「我近鑒豪端，遠察天際，惟我當先。」又謂眉曰：「爾有何功。居我上？」眉曰：「我雖無用，亦如世有賓客，何容主人？無節不成之儀。若無眉，成何面目？」府悟其譏，待之如初。〔註119〕

此故事大致寫口、鼻、眉、眼四種器官為爭高下，各述自己的功能，互不相讓的內容。顧況是唐代詩人，其應徵到節度使府任職，但是與節度使府的府公（單位主管）產生了隔閡。他改編了口與鼻、眼與鼻、眉與眼互相爭功勞的一段夢境，來諷喻，後來主管才待他如初。在宋·羅燁所編的《新編醉翁談錄》卷二〈嘲人不識羞〉中，也有一則類似情節的內容：

> 眉、眼、口、鼻四者，皆有神也。一日，口為鼻曰：「爾有何能，而位居吾上？」鼻曰：「吾能別香臭，然後子方可食，故吾位居汝上。」鼻為眼曰：「子有何能，而位在吾上也？」眼曰：「吾能觀美惡，望東西，其功不小，宜居汝上也。」鼻又曰：「若然，則眉有何能，亦居吾上？」眉曰：「吾也不解與諸君廝爭得，吾若居眼鼻之下，不知你一個面皮安放那裡？」〔註120〕

眉、眼、口、鼻四者，皆有靈性，互相比較誰的功能最強。到了明代，無名氏所撰《華筵趣樂談笑酒令》卷四〈譏爭坐席〉中，敘述如下：

> 陳太卿曰：「眉、眼、口、鼻者，皆是一身之神也。忽然口言曰：「功

〔註118〕（梁）釋寶唱：《經律異相》，頁92。

〔註119〕（宋）王讜：《唐語林》見《景印文淵閣四庫全書·子部》（臺北：臺灣商務印書館出版，1983～1986年），冊1038，頁147～148。

〔註120〕（宋）羅燁編：《新編醉翁談錄》見《續修四庫全書》（上海：上海古籍出版社，2002年），冊1266，頁426。

高者居上，無能者居下，理之常也。汝有何德，何如位居于我上者
乎？」答曰：「吾能聞香識臭，然後與子食之，因此居汝上乎！願聞
汝之才能？」口答云：「心中欲說口先開，讀書讀史論文才；食盡世
間多美味，陳言陳語獻天台。」鼻乃善言答曰：「休笑鼻孔無因由，
知香知臭是鼻頭，鼻頭若無三分氣，蓋世文章總是休。」鼻與眼曰：
「賢兄緣何更居我上乎？」眼答曰：「吾能觀善覷惡，望東顧西，其
功不小，因此故在你上也。詩云：秋波湛湛甚分明，識書識寶識金銀；
世人不與吾同走，白日青天去不成。」口曰：「眉毛何以居吾之上乎？」
眼答曰：「我同你與鼻兄三人同去問他？」眉以善言答曰：「休侮双眉
沒志量，先年積祖我居上；若把眉兒移下去，相見成甚好模樣。」鼻
曰：「與子論功，不與論樣。」眾乃喧鬧。兩耳聞之，遂解之曰：「君
子無所爭，《魯書》之明訓也。亦作俗句云：我每從幼兩邊分，會合
人頭寄此身；勸君休爭大與小，列位都是面前人。」〔註121〕

眼、鼻、口、眉的爭執如前面故事所提到的內容，但最後加入耳朵勸解。而同
時代的樂天大笑生所纂集的《解慍編》卷八〈眉爭高下〉則由以上幾篇故事
簡化而成，較為簡短，內容如下：

目問眉曰：「我能辨別好歹，識認萬象，大有功於人。爾有何能，位
居吾上？」眉曰：「我也不與你爭高下，必欲我在爾下，好看不好
看？」〔註122〕

清代的游戲主人《笑林廣記》卷四〈形體部〉中，只是擷取最後眉眼之爭一
段。〔註123〕

　　AT293 型故事，丁乃通先生命名為「肚子和人體的其他器官爭大」，金榮
華先生的《民間故事類型索引》、《中國歷代筆記故事類型索引》〔註124〕命名
為「人體器官爭功勞」〔註125〕。在金榮華先生《民間故事類型索引》一書中，

〔註121〕（明）無名氏：《華筵趣樂談笑酒令》收入《中國古代酒文獻輯錄》（北京：
　　　　新華書店，2004 年 9 月），第四冊，頁 243～245。
〔註122〕（明）樂天大笑生輯：《解慍編》收入《續修四庫全書·子部》（上海：上海
　　　　古籍出版社，2002 年），冊 1272，頁 373～374。
〔註123〕（清）游戲主人：《笑林廣記》，臺北：南港山文史工作室，2017 年 11 月。
〔註124〕金榮華：《中國歷代筆記故事類型索引》（新北市：中國口傳文學學會，2019
　　　　年 4 月），頁 80。
〔註125〕顧希佳：《中國古代民間故事類型索引》（杭州：浙江大學，2014 年 6 月），
　　　　頁 29。

故事梗概為：「人體各部門的器官都認為自己最有用，功勞最大，因此終日爭吵不休。但最後終於明白，要互相合作才能發揮功效。」〔註126〕此類型故事也見於湖南的《五官吵架》〔註127〕、四川的《五指相爭》〔註128〕等。

希臘的《伊索寓言》中也有相同情節的故事〈胃與腳〉。內容敘述胃和腳爭論誰的力量大，腳說自己強大，能搬動整個肚子。胃回答說：「假如我不接受食物，你就什麼也搬不動了。」〔註129〕情節不再以臉部五官為主，改成了胃和腳。

觀察「人體器官爭功勞」故事的發展，源頭是來自印度，無論情節隨時地如何發展演變，爭功勞者不離身體的各種器官，身體乃屬一個小宇宙循環，看似功能微小的器官都是不可或缺的，必須有這些大小各種器官的合成，才能組織一個完整的循環，成就一個健全的身體，始能正常地生活，如此寓意適用於生活中的一切，包含人際互動、事業合作、身體保健、教育、娛樂等，有著相當實用的價值，因此故事流傳廣泛而不衰。

（八）身體的兩個部分不合（型號 ATT293A）

《經律異相》卷四十八〈一蛇首尾兩諍從尾則亡二〉的故事內容如下：

> 昔有一蛇頭尾自諍，頭語尾曰：「我應為大。」尾語頭曰：「我應為
> 大。」頭曰：「我有耳能聽，有目能視，有口能食，行時在前，故可
> 為大，汝無此術。」尾曰：「我令汝去，故得去耳，若我以身遶木三
> 匝，三日不已不得求食，飢餓垂死。」頭語尾曰：「汝可放之聽汝為
> 大。」尾聞其言即時放之。復語尾曰：「汝既為大聽汝前行。」尾在
> 前行，未經數步墜火坑而死。〔註130〕

故事描述有一蛇頭尾相爭，頭說：「我有耳能聽，目可以看，口可以吃東西，所以應該我走在前面。」尾說：「如果我讓身體繞樹三圈，讓你無法吃東西餓死，看你去哪？」於是頭告訴尾：「你放開身體就聽你的。」於是尾巴放開身體前行，走幾步便墜火坑而死。

《雜譬喻經》中〈蛇頭尾共諍喻〉的內容如下：

〔註126〕 金榮華：《民間故事類型索引》（增訂本）（新北市：中國口傳文學學會，2014
　　　　　年4月），頁245。

〔註127〕 《五官吵架》見《中國民間故事集成·湖南卷》，頁822。

〔註128〕 《中國民間故事集成·四川卷》，頁923～924。

〔註129〕 羅念生等譯：《伊索寓言》（北京：人民文學出版社，1981年），頁245。

〔註130〕 （梁）釋寶唱：《經律異相》，頁256～257。

昔有一蛇頭尾自相與諍，頭語尾曰：「我應為大。」尾語頭曰：「我
亦應大。」頭曰：「我有耳能聽、有目能視、有口能食，行時最在前，
是故可為大；汝無此術，不應為大。」尾曰：「我令汝去，故得去耳，
若我以身遶木三匝三日而不已，頭遂不得去求食，飢餓垂死。」頭
語尾曰：「汝可放之，聽汝為大。」尾聞其言即時放之。復語尾曰：
「汝既為大，聽汝在前行。」尾在前行，未經數步墮火坑而死。此
喻僧中或有聰明大德上座能斷法律，下有小者不肯順從，上座力不
能制，便語之言：「欲爾隨意。」事不成濟俱墮非法，喻若彼蛇墜火
坑也。〔註131〕

內容描述有一蛇的頭和尾相爭，頭說：「我有耳能聽，目可以看，口可以吃
東西，所以應該我走前面。」尾說：「如果我讓身體繞樹三圈，讓你無法吃
東西餓死，看你去哪？」於是頭讓尾走前面，沒走幾步便掉入火坑死亡。此
故事比喻僧團中，聰明的上座有能力斷事，但下座弟子不服，上座只好跟弟
子說：「要就只好隨你吧！」結果不僅違法還無法完事，如蛇墮火坑一樣下
場。

《百喻經》中的〈蛇頭尾共爭在前喻〉也有相同故事的記載：

譬如有蛇，尾語頭言：「我應在前。」頭語尾言：「我恒在前，何以
卒爾？」頭果在前，其尾纏樹不能得去，放尾在前，即墮火坑燒爛
而死，師徒弟子亦復如是。言師耆老，每恒在前，我諸年少應為導
首，如是年少，不閑戒律多有所犯，因即相牽入於地獄。〔註132〕

描述譬如有一條蛇的頭和尾忽然爭執起來，蛇尾對蛇頭說：「今天應該我走在
前面。」蛇頭說：「我常走在前面，怎麼可以倒過來走呢？」蛇頭和蛇尾各認
為自己有理，相持不下。結果，蛇頭就自管自向前走去，蛇尾卻纏住了樹牢
牢不放。這樣，蛇頭走不動了，只得讓蛇尾走在前面。不料因為蛇尾沒有眼
睛，卻走入一個火坑中，於是就被燒死了。佛以此故事比喻老師和弟子，應
該互相敬愛。可是有些弟子以為老師年邁了，想由自己來領導，不肯尊敬師
長，不僅事情作不好，又犯戒下地獄。

〔註131〕道略：《雜譬喻經》見《大正新脩大藏經》（臺北：新文豐出版公司，1983年
　　　　元月），冊4，頁528a12。
〔註132〕僧伽斯那撰：《百喻經》見《大正新脩大藏經》（臺北：新文豐出版公司，1983
　　　　年元月），冊4，頁551a10。

　　《經律異相》是從《雜譬喻經》簡化而來，少了後面的寓意說明。《百喻經》最後寓意的敘述與《雜譬喻經》則為稍異。因此，相同故事流傳在各地，寓意不一定都相同，或有時聽、說故事只是一種娛樂，順著人的喜好，發揮出不同的創造，使故事能淵遠流長。〔註133〕

　　在中國先秦時代也有相同類型的故事，記載於《韓非子》卷八，〈說林下〉「蟲有就者」條。〔註134〕

　　293A 型故事為丁乃通先生所增訂，命名為「身體兩個部份不合」，金榮華先生提到其故事梗概為：「蛇或鳥身上的兩部份（如頭和尾）不合作，造成了很大的不便，甚至使蛇或鳥喪失了生命。」〔註135〕除了印度之外，也見於希臘、東非、北非等地，在中國的浙江〔註136〕、貴州〔註137〕、蒙古〔註138〕、藏族〔註139〕及臺灣桃竹苗地區〔註140〕等，皆能採錄到此則民間故事。

二、幻想故事

（一）「精怪大意洩秘方（二人行）」（型號 AT613）

　　《經律異相》卷三十二〈善友好施求珠喪眼還明二〉的故事大要如下：

　　月蓋王無兒女，於是向仙人求，之後其第一夫人與第二夫人分別生下兒子，分別名為善友與惡友。善友心性善良為國王所偏愛，惡友總是忌妒善友。某日善友和惡友一起入海求寶，惡友得知善友已找尋到龍王如意寶珠，惡友趁其兄眠熟，起取二乾竹刺兄兩目，奪珠而去。後來善友因緣際會遇見

〔註133〕陳妙如：〈百喻經類型故事研究〉，《中國文化大學中文學報》第二十九期，2014 年 10 月，頁 63～64。
〔註134〕金榮華：《中國歷代筆記故事類型索引》，（新北市：口傳文學會，2019 年），頁 81。
〔註135〕金榮華：《民間故事類型索引》（增訂本），頁 246。
〔註136〕《中國民間故事集成·浙江卷》〈蛇頭與蛇尾〉（北京：中國 ISBN 中心出版，1997 年 9 月），頁 871。
〔註137〕《中國民間故事集成》貴州卷，〈腳和眼睛〉（北京：中國 ISBN 中心出版，2003 年 5 月），頁 904。
〔註138〕陳慶浩、王秋桂主編：《中國民間故事全集》第 36 冊，蒙古〈蛇的頭和尾巴〉（臺北：遠流出版社出版，1989 年 6 月），頁 499～500。
〔註139〕田海燕：《金玉鳳凰》（上海：少年兒童出版社，1961 年出版），頁 277。〈頭尾爭大〉結局描述蛇爭得當老大，興高采烈向前衝，但因為牠無眼也無耳，便跌下萬丈深崖。
〔註140〕金榮華：《台灣桃竹苗地區民間故事》〈蛇頭和蛇尾〉（新北市：中國口傳文學學會出版，2000 年 11 月），頁 69～70。

一王女，即以往月蓋王為他指婚的未婚妻，其妻欲誠心供養善友，善友不信，妻子便發誓，若假，他眼睛便無法痊癒，若真，他雙眼便痊癒，之後果然善友眼睛平復如故。父母尋得善友後，賜給王女家許多財寶，並將惡友捉拿問罪，將他關在牢獄。月蓋王崩，善友繼承王位，釋放惡友請他當王的守衛，惡友趁王眠時，拔刀欲斬王首，但惡友其首自墮。（出《報恩經》第四又出《賢愚經》第二生經大同小異）。《雜譬喻經》卷一道略集及《大莊嚴論經》〔註141〕

此型故事為丁乃通先生命名為「二人行（真與偽）」〔註142〕，在金榮華先生的《民間故事類型索引》一書中，故事梗概為：

> 二人一起外出經商，行經深山時，其中一人挖掉了另一人的雙眼，取走了他的財物。這人夜裡無意中聽到精怪的談話，知道了一些秘方，能讓自己的雙眼復明，能醫某人的怪病，能使枯井生水等。於是他醫治了自己的雙眼，也幫助了別人，因此娶得了富家小姐，或是有了許多錢。殘害他的同伴知道了事情的經過，便也去偷聽精怪的談話，但是被精怪撕成了碎片。〔註143〕

相似情節亦見於印度民間故事〈偷聽話〉中，內容如下：

> 弟弟在樹林裡一棵大樹上偷聽到四個妖怪的談話，其中有一個是主持聚會的妖怪頭，報告人間秘密的實際上只有三個妖怪。三件秘密是：用這棵大樹下的露水抹眼睛可以使瞎子重見光明；掀開山下一塊石板可找到泉水；將大樹上青藤的汁液喝下可使國王的啞巴女兒重新開口說話。弟弟按照妖怪所講的法子，首先治好了自己的眼睛，隨後又幫人們找到泉水，治好了公主的啞病。帶著國王豐厚的賞賜回家，好人終於得到了好報。哥哥打聽到弟弟發財的經過後，也來到森林中那棵樹下，正好四個妖怪再次聚會，便把他當成上次偷聽話的人抓住掐死了。〔註144〕

印度故事通常以兩兄弟為主角，警示做好人與做壞人之後果，在中國小說亦

〔註141〕（梁）釋寶唱：《經律異相》，頁171。
〔註142〕丁乃通：《中國民間故事類型索引》（武漢：華中師範大學出版社，2008年4月），頁145。
〔註143〕金榮華：《民間故事類型索引》（增訂本），頁450～451。
〔註144〕季羨林主編：《印度民間故事集（第一集）》，（北京：中國民間文藝出版社，1984年），頁64～68。

有此類型如：唐‧《傳奇‧江叟》〔註145〕中，敘述江叟夜聽兩京道上槐王和荊山槐神對話，江叟受荊山槐神點撥，神知道江叟善吹笛，贈笛給江叟，吹笛引出神龍贈其明珠，將明珠以醍醐煎之，使龍頭痛再以化水丹交換回明珠，江叟服下化水丹即能成為水仙。

〔註145〕（宋）李昉：《太平廣記‧江叟》見《叢書集成三編》（臺北：新文豐出版公司，1997年），第七十冊，頁446～447。「開成中，有江叟者多讀道書，廣尋方術，善吹笛。往來多在永樂縣靈仙閣。時沈飲酒。適閿鄉，至盤豆館東官道大槐樹下醉寢。及夜艾稍醒，聞一巨物行聲，舉步甚重。叟闚窺之，見一人崔嵬高數丈，至槐側坐，而以毛手捫叟曰：「我意是樹畔鋤兒，乃瓮邊畢卓耳。」遂敲大樹數聲曰：「可報荊館中二郎來省大兄。」大槐乃語云：「勞弟相訪。」似聞槐樹上，有人下來與語。須臾，飲酌之聲交作。荊山槐曰：「大兄何年拋却兩京道上槐王耳。」大槐曰：「我三甲子，當棄此位。」荊山槐曰：「大兄不知老之將至，猶顧此位。直須至火入空心，膏流節斷，而方知退。大是無厭之士。何不如今因其震霆，自拔於道，必得為材用之木，搆大廈之梁棟，尚存得重重碎錦，片片真花。豈他日作朽蠹之薪，同入爨為煻爐耳。」大槐曰：「崔鼠尚貪生，吾焉能辦此事邪。」槐曰：「老兄不足與語。」告別而去。及明，叟方起。數日，至閿鄉荊山中，見庭槐森聳，枝幹扶疎，近欲十圍，如附神物。遂伺其夜，以酒脯莫之云：「某昨夜，聞槐神與盤豆官道大槐王論語云云。（云原作□。據明鈔本改。）某臥其側，並歷歷記其說，今請樹神與我言語。」槐曰：「感子厚意，當有何求。殊不知爾夜爛醉於道，夫乃子邪。」叟曰：「某一生好道，但不逢其師。樹神有靈，乞為指教。使學道有處。當必奉酹。」槐神曰：「子但入荊山，尋鮑仙師。脫得見之，或水陸之間，必獲一處度世，蓋感子之請，慎勿泄吾言也。君不憶華表告老狐，禍及余矣。」叟感謝之。明日，遂入荊山，緣巖循水，果訪鮑仙師，即匍匐而禮之。師曰：「子何以知吾而來師也，須實言之。」叟不敢隱。具陳荊山館之樹神言也。仙師曰：「小鬼焉敢專輒指人，未能大段誅之，且飛符殘其一枝。」叟拜乞免。仙師曰：「今不誅，後當繼有來者。」遂謂叟曰：「子有何能？一一陳之。」叟曰：「好道，癖於吹笛。」仙師因令取笛而吹之。仙師歎曰：「子之藝至矣。但所吹者，枯竹笛耳。吾今贈子玉笛，乃荊山之尤者。但如常笛吹之，三年，當召洞中龍矣。龍既出，必銜明月之珠而贈子。子得之，當用醍醐煎之三日，凡小龍已腦疼矣，蓋相感使其然也，小龍必持化水丹而贖其珠也，子得當吞之，便為水仙，亦不減萬歲，無煩吾之藥也，蓋子有巢高之相耳。」仙師遂出玉笛與之。叟曰：「玉笛與竹笛何異？」師曰：「竹者青也，與龍色相類，能肖其吟，龍不為怪也。玉者白也，與龍相尅，忽聽其吟，龍怪也，所以來觀之，感召之有能變耳，義出於玄。」叟受教乃去。後三年，方得其音律。後因之岳陽，刺史李虞館之，時大旱，叟因出笛，夜於聖善寺經樓上吹，果洞庭之渚，龍飛出而降。雲繞其樓者不一，遂有老龍，果銜珠贈叟。叟得之，依其言而熬之二畫，果有龍化為人，持一小藥合，有化水丹，匍匐請贖其珠。叟乃持合而與之珠，餌其藥，遂變童顏。入水不濡。凡天下洞穴，無不歷覽。後居於衡陽，容髮如舊耳。出《傳奇》。」

又如，清·《咫聞錄》卷八〈徐兄李弟〉〔註146〕，敘述神明眷顧的讀書人疏財重義，全心全意照顧好友，甚至逼得自己走投無路，而其朋友卻是不講信義之徒，不僅陷害好友，最後死於非命。

中國故事情節以好朋友作為主角，將妖怪對話換成神仙對話，治病秘方隨流傳地不同而改變，而結局不變，心懷不軌之人總是害死了自己。

此故事亦見於中國的四川、陝西、北京、吉林、遼寧、福建、甘肅、寧夏、河南、江蘇、廣西、西藏、山西、湖南、江西、河北、雲南、貴州、天津、上海、廣東、黑龍江、山東、內蒙古、安徽、新疆、青海等地區。外國有：東南亞、伊朗、阿拉伯、俄國、阿富汗、巴爾幹半島、塞爾維亞、北歐、挪威、德國、盧森堡、法國、希臘、義大利、葡萄牙、非洲等地區。〔註147〕

（二）「龍宮得寶或娶妻」（型號 ATK555D）

《經律異相》卷四十三〈商人驅牛以贖龍女得金奉親十〉中的故事敘述大要如下：

有一位商人到異地經商，見人捕獲一龍女，於是起慈悲心，經過討價還價後，用八條牛贖出龍女，在水池邊放他回家。龍女變成人形，邀請商人回龍宮作客，商人在龍宮門邊看見兩龍被繫，原來是守護龍女不嚴被懲罰，牠們請商人相救，並且告訴商人龍宮食物難以消化，請他索取人間食物，商人以絕食威脅龍女放了二龍，談及龍女為何受布薩法，龍女訴說身為龍族在生時、眠時、交媾時、瞋時、死時等五事苦，想求轉生人道，商人問龍女如何求解脫？龍女告訴他出家修行。商人想回去，龍女送他八餅金，告訴他此生用之不盡，截取後還會再生出來，是取之不盡的一種寶物。〔註148〕此故事是《經律異相》摘錄自《摩訶僧祇律》第三十二卷。故事傳入中國後，類似情節亦見於歷代的筆記小說中。〔註149〕

〔註146〕（清）慵訥居士：《咫聞錄》卷八〈徐兄李弟〉見《筆記小說大觀正編》（臺北：新興出版，1973 年），第七冊，頁 4051。

〔註147〕金榮華：《民間故事類型索引》（增訂本），頁 455。

〔註148〕《經律異相》，頁 225。

〔註149〕金榮華：《中國歷代筆記故事類型索引》（新北市：中國口傳文學學會，2019年 4 月），頁 113～114。顧希佳：《中國古代民間故事類型索引》（杭州：浙江大學出版社，2014 年 6 月），頁 65～66。有：南北朝·佚名《錄異傳·如願》、唐·玄奘《大唐西域記》中〈龍女〉和〈龍女招親〉、唐·李朝威《柳毅傳》、唐·李隱《瀟湘錄·汾水老姥》、唐·《法苑珠林·俱各國》、宋·劉斧《青瑣高議》後集卷三〈異魚記〉和卷九〈朱蛇記〉；宋·范成大《吳郡

故事基本情節主要是：人救龍女並放歸、龍女邀恩人入龍宮、龍女報恩送寶物等，此故事湯普遜作 555 型號，丁乃通先生命名為「感恩的龍公子（公主）」（555*型號），金榮華先生則命名為「龍宮得寶或娶妻」（555D 型號），《民間故事類型索引》一書中，故事梗概為：

> 一個年輕人救了一條魚或一條小蛇，實際上這魚或蛇是龍宮的太子
> 或公主，因此龍王邀請這人去遊龍宮。當他要回家時，龍王的太子
> 或公主告訴他，龍王會送他禮物，但只要一個看起來不值錢的箱子
> 或一隻小動物就好。結果箱子是一個要什麼有什麼的寶物，或者小
> 動物乃是龍女的化身，使他成了龍王的女婿。在有些故事中，寶物
> 後來被存心不良的朋友或兄弟借去，於是失靈或被龍王收回，若是
> 娶龍女為妻，常下接 AT465 型故事（神奇妻子美而慧，老實丈夫受
> 刁難）。〔註 150〕

例如，江蘇省有一則〈攀魚人遇龍王〉的故事，內容大要如下：

> 很久以前在海邊有一戶人家靠打漁為生，有一天漁人從早至晚都沒有收
> 獲，但又擔心空手而回，母親會傷心，於是又撒了最後一次網，終於捕到一
> 條小鯉魚，小鯉魚向漁人點三下頭，漁人好奇便向鯉魚說，再點三下頭就放
> 牠回海裡，小鯉魚果然點三下頭後就被放生了，鯉魚向漁人說，若是之後遇
> 難，喊三聲海老爺便有人相助。往後，漁人只要捕不到魚，就喊三聲海老爺，
> 果然都豐收，生活不成問題了。有天漁人遇見巡海夜叉帶他去了東海龍宮，
> 龍王告訴漁人上次他救了公主，想把公主嫁給他，但是漁人拒絕，龍王只好
> 設宴請他，並送他一隻貓。漁人帶回貓後，說也奇怪，每次打漁回家後，都有
> 做好的熱騰騰飯菜，屋子已打掃乾淨，衣服也都整理好了。於是他好奇為何
> 如此？有天躲在家旁邊偷看，之後抓到一個姑娘，她告訴漁人她就是公主，
> 龍王讓她變成小貓，給漁人帶回家跟他做夫妻的，最後，他們就結為夫妻，
> 過上好日子了。〔註 151〕

志》卷四六的《異聞・朱蛇記》；明・《西湖二集・救金鯉海龍王報德》、明・《清平山堂話本・李元吳江救朱蛇》、明・《喻世明言・李公子救蛇獲稱心》；清・褚人獲《堅瓠集》秘集卷四的《龍報金蓮》、清・袁枚《子不語》卷二三的《太白山神》、清・李元調《尾蕉叢談》卷二《放鯉祠》、清・宣鼎《夜雨秋燈錄》卷八《石郎簑笠墓》。

〔註 150〕金榮華：《民間故事類型索引》（增訂本），頁 408～411。

〔註 151〕白庚勝：《中國民間故事全書・江蘇・海門卷》（北京：知識產權出版社，2010年 8 月），頁 288～289。

　　此類型故事目前流傳於中國地區有：四川的〈金獅子〉、〈瓜葫蘆〉，吉林的〈王恩和石義〉，河南的〈神帽〉、雲南的哈尼族有〈射太陽的英雄〉。外國地區有：韓國、日本、越南、柬埔寨、伊朗、俄國、阿富汗、巴爾幹半島、斯洛伐克、東非等。〔註152〕

　　故事 ATK555D 類型與其他類型故事結合的複合型故事，以下列表明示：

類　別	類型故事型號	故事大要	故事名稱
1	ATK555D＋AT301「雲中落綉鞋」〔註153〕	主角拿箭射旋風，空中落下一只繡花鞋，那是被妖精捉去公主所穿的鞋，國王下令主角去找公主，他救了公主並讓她先出洞，自己反被算計無法出去，卻在洞中救了龍子。龍子邀他去天界龍宮作客，送寶物龍角，公主向國王揭發三大臣陷害搶功之事，國王把公主嫁給主角。	西藏〈獵人與公主〉。〔註154〕
2	ATK555D＋AT301A「妖洞救美」〔註155〕	少女被妖怪抓走，男主角進入妖洞救她，後來雖遭算計又被冒功，但終於和少女相見，娶她為妻。	福建〈海鏡寶〉。〔註156〕
3	ATK555D＋AT465「神奇妻子美而慧，老實丈夫受刁難」〔註157〕	主角救龍女並放歸，龍女邀恩人入龍宮、龍女報恩送寶物，寶物變龍女之後，因龍女的美麗遂引起縣官或財主覬覦，於是出問題刁難主角，龍女憑著聰明和神奇力量一一解決。	山西〈柳玉〉〔註158〕、〈開海石〉〔註159〕、湖南〈傻寶的故事〉〔註160〕、蒙古族〈孤兒、黃狗與龍女〉。〔註161〕

〔註152〕 金榮華：《民間故事類型索引》（增訂本），頁 408～411。

〔註153〕 金榮華：《民間故事類型索引》（增訂本），頁 255。

〔註154〕 《中國民間故事集成》西藏卷（北京：中國 ISBN 中心出版，2001 年 8 月），頁 411～413。

〔註155〕 金榮華：《民間故事類型索引》（增訂本），頁 257。

〔註156〕 《中國民間故事集成》福建卷（北京：中國 ISBN 中心出版，2001 年 8 月），頁 573～574。

〔註157〕 金榮華：《民間故事類型索引》（增訂本），頁 354～355。

〔註158〕 《中國民間故事集成》山西卷（北京：中國 ISBN 中心出版，1993 年 3 月），頁 394～397。

〔註159〕 《中國民間故事集成》山西卷，頁 408～410。

〔註160〕 《中國民間故事集成》湖南卷（北京：中國 ISBN 中心出版，2002 年 12 月），頁 617～620。

〔註161〕 陳慶浩、王秋桂主編：《中國民間故事全集》（臺北：遠流出版社，1989 年 6

4	ATK555D ＋ AT742 「百鳥衣」〔註162〕	主角娶了龍女之後，整日不去工作，妻子便畫自畫像讓他帶去田裡工作，此時風將畫吹進王宮，皇帝知道後強娶龍女為妻，龍女離去時，或口述或託夢，叫他來日穿羽毛衣進宮相見，最後用與國王交換衣服之計殺掉國王，夫妻團圓。	甘肅〈報恩記〉。〔註163〕
5	ATK555D ＋ AT738 「蛇鬥」〔註164〕	主角看見黑白兩蛇或兩組蛇在惡鬥，他幫助戰敗一方和被咬一方，因此引起蛇的報恩，而銜接「龍宮得寶」的故事	四川〈吉哈與蛇女〉。〔註165〕
6	ATK555D＋AT742A 「仙妻伴許交換，色狼人財兩空」〔註166〕	主角娶了龍女後，龍女用寶物或神力替他蓋大屋、置家產，引起主角東家惡財主的不滿和貪心，強迫他交換所有家產，包含妻子。 主角不肯，妻子卻答應，最後惡財主不是累死就是嚇死，人財兩失。	湖北〈龍女報恩〉〔註167〕
7	AT613「精怪大意洩秘方」〔註168〕＋ AT301＋ATK555D	石義被王恩推下井，不久，三個風水匠在井邊談起王員外家的三件秘密，石義得救後，去王員外家，一一為他解除困境，並娶了小姐。某日打柴遇見妖風，撿到一只雲中落下的繡鞋，循至洞內救了皇姑，卻被王恩落井下石，但在洞內又救了被壓在石下的龍王三太子，兩人一起出洞，太子邀他遊龍宮，最後得到龍女幫助，順利回家，又在唐王作主之下娶了皇姑。	甘肅〈王恩和石義〉。〔註169〕

月）第 36 冊，蒙古，頁 359～381。

〔註162〕金榮華：《民間故事類型索引》（增訂本），頁 495。

〔註163〕《中國民間故事集成》甘肅卷（北京：中國 ISBN 中心出版，2001 年 6 月），頁 475～478。

〔註164〕金榮華：《民間故事類型索引》（增訂本），頁 494。

〔註165〕陳慶浩、王秋桂主編：《中國民間故事全集》（臺北：遠流出版社，1989 年 6 月）第 16 冊，四川，頁 262～276。

〔註166〕金榮華：《民間故事類型索引》（增訂本），頁 260。

〔註167〕陳慶浩、王秋桂主編：《中國民間故事全集》湖北，第十九冊，頁 393～397。

〔註168〕金榮華：《民間故事類型索引》（增訂本），頁 450～451。

〔註169〕《中國民間故事集成》甘肅卷，頁 430～435。

| 8 | AT301＋AT160「報恩的動物和忘恩的人」〔註170〕＋ATK555D | 石義被兄嫂趕出去，某日遇大旋風中有女子哭聲，以斧投之，斧卻又消失，地上淌血，皇姑被妖風颳走，石義救她途中，救了動物與忘恩的人。石義下洞殺妖救了皇姑，她用一半玉鐲和汗衫與他訂終身。皇姑卻被大臣拉出洞口並被陷害埋在洞中，石義在洞中救了龍太子，後來龍王送他寶物隱身入王宮見皇姑，卻發現投錯親，由於皇上逼婚將石義囚禁，曾被救的動物們都來救石義，最後小白龍幫助他找到皇姑，他們拿出定情物順利成婚。 | 吉林〈王恩和石義〉異文二〔註171〕 |

　　將所見故事歸納之後，主要有三個重點敘述：（一）主角進龍宮之原因與如何搭救龍子、龍女。（二）進龍宮前後由誰告知如何選寶、選甚麼寶？出現最多的是龍王身邊的動物。（三）寶物的功用與變化，如：1.寶物變出各種東西使主角過生活無虞 2.寶物變出龍女與主角成親，操持家務 3.寶物變出龍女後，因龍女美貌引起縣官或財主的覬覦，延伸出另一個故事 4.貪心者借寶物，使用無度，遭受懲罰。〔註172〕

　　此類型故事常與動物救人、報恩的故事、生活故事等複合在一起，描述人與動物、神奇寶物、大海之間緊密的自然生活連結，也隱喻著海洋、海神文化，有著豐富的神祕與幻想之色彩，增添冒險故事驚奇與期待。

（三）「桌子、驢子和棍子（使偷竊者歸還寶物）」（型號 AT563）

《經律異相》卷四十四〈貧人供僧報致富二十八〉中敘述：

　　昔有貧家供養道人，一年便去，用一銅瓶乞主人言：「此瓶是神打，此瓶口所索皆得，莫請國王，別後打瓶，家遂巨富，忘道人囑，遂請國王。王問富因，實而答王，王即奪瓶，家轉窮弊，方憶道人，四出覓見，依實白言，道人曰：「故須此瓶，乞君一堀，盛以林石，齎詣王門，求索瓶也。」直到王門，高聲索瓶，王聞大怒，遣數十

〔註170〕金榮華：《民間故事類型索引》（增訂本），頁182。

〔註171〕《中國民間故事集成》吉林卷（北京：中國ISBN中心出版，1992年11月），頁528～531。

〔註172〕陳妙如撰：〈「龍宮得寶或取妻」故事之淵源與流變試論〉，2011海峽兩岸民俗暨民間文學學術研討會論文集（臺北市：中國文化大學中國文學系，2011年），頁83～103。

人，欲來捉之，開出林石，風吹橫空，王使人身，為此木石，打破
頭額，頃出千人，風勢所破，死尸塞門，王大怖悸，求還其瓶，其
人得瓶，家復大富，廣作功德，死得生天（出《雜譬喻經》）。〔註173〕

敘述有貧者供養道人一年，道人離開時送給貧者一只銅瓶，並告訴他，此瓶
是神打造的，任何東西皆可取得，但不可讓國王知道此事。之後貧者依靠此
銅瓶致富了，但卻忘了道人囑咐，於是將國王請來，國王知道此事後，便將
銅瓶奪去。貧者到處尋找道人，尋到後告訴道人實情，於是道人幫忙想出討
回銅瓶之計策，貧者去找國王，當國王要對付貧者時，其運用木石和風勢對
抗國王的人馬，國王驚嚇得還回銅瓶。

在金榮華先生的《民間故事類型索引》一書中，故事梗概為：

神仙給了好心的窮人一張桌子，它會供應主人想吃的飯菜，可是半
路上被旅店主人調換了。神仙再給這人一頭會屙金子的驢子，然而
在半路上還是被旅店主人偷換了。於是神仙給這人一根會打竊賊的
棍子，當旅店主人去偷換時，棍子就自動把他打得叫饒，讓他歸還
了前兩次偷換去的桌子和驢子。〔註174〕

此故事亦見於中國的四川、寧夏、河南、廣東、內蒙古、新疆、青海、廣西、
新疆等地區，外國地區有：菲律賓、印尼、尼泊爾、孟加拉、巴基斯坦、伊
朗、俄國、土庫曼、烏克蘭、巴爾幹半島、挪威、波蘭、德國、英國、義大利、
東非、巴拉圭等。〔註175〕

茲舉，廣西地區有則〈樵夫奇遇〉，故事大意如下：

有一個生活貧困的樵夫，某日上山砍柴遇見一棵會說話的大樹，大樹向
樵夫求救，樵夫救了大樹，大樹為了報答樵夫，給他最高枝梢上的兩枝透紅
的樹椏，並告訴樵夫輕輕吹一下，那一枝樹椏就變成一匹白馬和一支銅鈴。
大樹又告訴他以後需要甚麼，就搖一搖銅鈴。樵夫騎著白馬回去。他回去搖
了銅鈴便有飯吃，第二天見白馬拉了一地糞，仔細一看竟然是金子和銀子。
後來消息傳到一位財主那裡，財主眼紅，想辦法讓樵夫帶寶貝來家裡吃飯，
再把樵夫灌醉，將他的鈴和馬帶走。樵夫知道後，回去山上問古樹，古樹給
了樵夫一片紅葉，讓他去找財主算帳，樵夫利用紅葉讓財主家丁定住不動，

〔註173〕（梁）釋寶唱：《經律異相》，頁232。
〔註174〕金榮華：《民間故事類型索引》（增訂本），頁418。
〔註175〕金榮華：《民間故事類型索引》（增訂本），頁418～420。

整得財主他們受不了，還回寶物。〔註176〕

又如，新疆地區有則〈神祕的泉水〉，故事大意如下：

某日，一位老公公去山上拾柴，在一口泉水旁打瞌睡時，睡夢中聽見有聲音叫他起來，要他撿起泉水中的一把掃帚，泉水告訴他掃帚會給他許多珍貴的東西，老公公為了繼續拾柴，將掃帚寄放在他朋友家，朋友知道掃帚功能後，等老公公來拿時，便換別的掃帚給他。隔天老公公一樣回到泉水旁，泉水給他一根木尺子，最後又被朋友調包。第三次，泉水給老公公一只泥碗，還是被朋友調包了。第四次，泉水給老公公一個大南瓜，老公公一樣寄放在朋友處，朋友又因貪心想佔有，南瓜變成無數的棍子打得他受不了，只好將所有的寶貝還給老公公了。這件事很快傳到國王的耳裡，國王貪心想奪取寶貝，老公公知道後，就使用南瓜變出很多棍子打死了國王，之後老公公在眾人擁護之下當上國王，成為一個好國王，百姓都很開心。〔註177〕

透過觀察佛經故事到中國民間故事的發展中，神賞賜的寶物可從最少一種物品，發展到三至四種，大多是取材日常用品去變成的，如：瓶子、掃帚、碗、尺，也有植物、動物等，而故事長短隨著寶物數量或奪取寶物的人的增加而拉長，但主要情節變化不大。

第三節 宗教神仙故事

一、施者有福（型號 ATK750）

《經律異相》卷四十三〈善求惡求採寶經飢樹出所須二〉中提到：

> 往昔閻浮，有國名波羅奈，時有薩薄，名摩訶夜移，其婦懷妊，自然仁善，意性柔和。月滿生男，形體端正，父母愛念，施設美饍，延請親戚，并諸相師，共相娛樂，抱兒示眾，為其立字。相師問言：「此兒受胎，有何瑞應？」父言：「受胎母自和善。」相師名為善求。乳哺長大，好積諸德，慈愍眾生。次後懷妊，期滿生男，形體醜陋。相師問言：「此兒懷妊，有何感應？」答言：「懷兒母自弊惡。」

〔註176〕陳慶浩、王秋桂主編：《中國民間故事全集·廣西（一）》（臺北：遠流出版社，1989 年 6 月），冊 4，頁 531～534。

〔註177〕陳慶浩、王秋桂主編：《中國民間故事全集·新疆（一）》（臺北：遠流出版社，1989 年 6 月），冊 37，頁 335～340。

相師名曰惡求。乳哺長大，好為惡事，恒生貪心，懷嫉妬意，年各長大，共行入海，求索寶物，各有五百侍從。塗路懸遠，中道乏糧，經於七日，去死不遠，是時善求及諸賈人，咸共誠心，禱諸神祇欲濟飢險，於空澤中，遙見一樹，枝條欝茂，便即趣之。有一泉水，善求及眾悉共求哀，樹神現身語之，斫去一枝，所須當出，諸人歡喜。便斫一枝，美飲流出；斫第二枝，種種食出，百味具足，咸共承接，各得飽滿；斫第三枝，出諸妙衣，種種備具；斫第四枝，種種寶物，悉皆具足，裝馱悉滿，所須盡辦。惡求後到，眾人如前，盡得充足，便自念言：「今此樹枝，能出是種種好物，況復其根，今當伐之，足得極妙佳好物。」令人伐之，善求語惡求言，我等飢乏，蒙此樹恩，得濟餘命，云何而欲伐之。惡求即掘其根，善求感佩，不忍見之，領眾歸家，伐樹已竟，有五百羅剎，取此惡求及眾賈人，悉皆噉之，財物喪失。佛告阿難：「善求者，今我身是；父者，今淨飯王是；母者，今摩耶是；惡求者，提婆達多是。我於往昔，常與相值，恒教善法，而不用之，返更以我為怨。」（出賢愚經第九卷）。〔註178〕

故事描述以前有一個薩薄，他的妻子懷孕，相貌端正，性情柔和，相師取名叫善求，之後其妻又懷孕生子，其性貪心懷嫉妬意，名叫惡求，長大後一起入海求寶，各有五百個侍從，途中遇難缺糧，善求和諸多商人誠心祈禱神，希望得救，後來樹神出現告訴他們，折去第一根樹枝所需要都會出現，折第二根出現各種百味美食，折第三根會出現各種好衣，折第四根會出現各種寶物。惡求知道後，貪心想伐樹神來得到一切好處，結果惡求被羅剎吃掉，財物也喪失了，佛告訴阿難，前世為善求，提婆達多為惡求。

　　以上與《經律異相》卷四十四〈窮人違樹神誓還為樹枝所殺三十二〉中敘述：

維耶梨國有迦羅越，奉佛供養呪願畢，請聞法義。佛笑口光，繞身三匝還從頂入，阿難問故。佛言：「彼國有五百人，入海採寶，置船步還，經歷深山，日暮止宿。預嚴早發，四百九十九人皆去，一人臥熟，失輩，仍遇天雨雪，失去徑路，窮厄山中，啼哭呼天。有㮈檀樹神，謂窮人言：「可止留此，自相給衣食，到春可去。」

窮人便留至于三月。啟樹神言：「受恩得全身命，未有微報，顧有二親，今在本土，實思得見，願垂發遣。」樹神言善：「以金餅施之，去此不遠，當得國邑，可得遷還至汝鄉里。」窮人臨去問樹神言：「此樹香潔，世所希有，今當委遠，願知其名。」神言：「不須問也。」窮人復言：「依陰此樹，積歷三月，今當遠離，情懷恨恨，若到本國，當宣揚樹恩。」神便言：「樹名栴檀，根莖枝葉，治人百病，其香遠聞，人所貪求，不須道也。」窮人至國，中外親戚，喜相慶慰，後國王病頭痛，禱祀天地，山水諸神，不能消差。名醫省視，唯得栴檀香，病可得愈。王即募求民間無有，便宣令國中，得旃檀香者，拜封為侯，妻以小女。時窮人聞償祿重，便言：「我知栴檀香處。」王便令近臣，將窮人而往伐取。徑到樹所，使者見樹洪直，枝條茂盛，華果煌煌，人所希見，心不忍伐，不伐者，則違王命，病不消愈，伐之者，中心隱隱，踟躕徘徊，不知云何。樹神於空中言：「便伐之，但置其根耳，伐竟以人血塗之，肝腸覆其上，樹自當生，還復如故。」使者聞神言如此，便令人伐之，窮人住在樹邊，樹彈地枝摽殺之，使者共議，屠割窮人，取其肝血，如神所勅，樹即更生，車載所伐，樹以還國中，醫即進藥，王病得愈，舉國歡喜。王命國中人民，其有病者，皆詣宮門，王出香藥給之，病皆得愈，王身康豫，黎民無病，舉國欣慶，遂致太平。（出栴檀樹經也）。〔註 179〕

其描述佛說彼國有五百人，入海採寶置船步還，經過深山中，日落住宿，有四百九十九人皆先離去，只剩一個人迷路，正當無助時，被樹神所救，又因為他孝順，樹神送他金餅，並告訴他，樹神具有醫藥療效名為栴檀，請他不可張揚樹神之所在地，後國王病頭痛病發，募求栴檀香處，窮人告訴國王樹神所在，於是王令人伐之，窮人住在樹邊，被樹彈起地枝摽殺，使者共議，屠割窮人取其肝血，如神所勅樹即更生，車載所伐樹，以還國中，醫即進藥，王病得愈。

以上故事情節都是描述心地善良布施的人都會得到神的幫助，相反者則受到神的懲罰。此類型故事湯普遜原作 750*，在金榮華先生的《民間故事類型索引》一書中則命名為「施者有福」，訂為 750 號，故事梗概為：「神仙對

〔註 179〕《經律異相》，頁 233。

不吝所有而幫助別人者作了獎賞，對慳吝貪婪者作了懲罰。」〔註180〕流傳至中國地區有：四川的〈寶葫蘆〉〔註181〕、海南的〈五指山大仙〉〔註182〕、貴州侗族的〈阿龍與阿虎〉〔註183〕、黎族的〈五指山大仙〉〔註184〕、景頗族的〈太陽婆婆〉〔註185〕、毛南族的〈龍剝皮〉〔註186〕。外國地區有：日本、波蘭、德國、法國、希臘、義大利。〔註187〕

茲舉四川的〈寶葫蘆〉故事為例，內容大要如下：

從前深山中住著一戶窮人，他有三個兒子都長大成人了，父親給他們三把斧頭，二個哥哥把鋒利的斧頭先挑走，留下最鈍斧頭給三弟。大哥帶著斧頭與乾糧上山砍柴，遇見一個白鬍子的老漢，他向大哥要食物充飢，大哥卻拒絕，最後砍不到任何木柴只好回去。後來二哥也上山砍柴，也遇見老漢和他要食物吃，二哥態度和大哥一樣，最後仍無功而返，三弟也上山砍柴遇見老漢，但是他將食物分一半給老漢吃，老漢就送給他一個寶葫蘆，寶葫蘆可以幫他實現任何的願望，於是老三請寶葫蘆幫他砍柴並運送回去。之後，老三就告訴全家人他遇見神仙的過程，到了夜裡，老大與老二起了貪念，分別向寶葫蘆許願，各要了一堆金山與一堆銀山，當寶葫蘆變出金山、銀山後，同時也將老大與老二活活的壓死了。〔註188〕

又如，海南的〈五指山大仙〉故事大要如下：

五指山為海南島的寶山，其充滿著無數的金、銀、財寶，由一位仙人掌管，而善良勤勞之人皆可獲寶。有一年五指山地區鬧旱災，人民生活艱困，有一個乞丐向當地地主程大爺乞食，卻被他的下人毒打一頓，趕了出去，乞丐之後被一對好心夫婦接濟幫助，供他食物與夜宿，隔日天亮，婦人送食物給乞丐時發現他不見了，並看見他的床底下充滿著發亮的金銀寶物，才知道他原是神仙，這些寶物是賞給好心夫婦的。壞心的地主知道後，將趕走乞丐

〔註180〕金榮華：《民間故事類型索引》（增訂本），頁521。

〔註181〕《中國民間故事集成》四川卷，（北京：中國ISBN中心出版，1998年3月），頁503～505。

〔註182〕《中國民間故事集成》海南卷，頁481～482。

〔註183〕《中國民間故事全集》貴州（三），第14冊，頁420～427。

〔註184〕《中華民族故事大系》，第7冊，頁140～142。

〔註185〕《中華民族故事大系》，第10冊，頁177～179。

〔註186〕《中華民族故事大系》，第12冊，頁532～533。

〔註187〕金榮華：《民間故事類型索引》（增訂本），頁521～522。

〔註188〕《中國民間故事集成》四川卷，頁503～505。

的下人殺了，當又再次遇見乞丐時，假裝供養乞丐食宿，隔日進乞丐房間，發現他的床下有幾十條的毒蛇，最後，地主竟被蛇活活地咬死。〔註189〕

以上故事說法相同的是原則上都符合佛教信仰所主張「善有善報，惡有惡報」的法則與做人處事的基本道理，主要是鼓勵人，勸人向善，為自己累積正向能量才能遠離禍端。以神仙親自施法助人或以贈與的寶物助人，來製造與加強特殊情節的效果，增加故事吸引力與趣味性。

二、前世有罪孽投胎為畜生（型號 ATT761A）

《經律異相》卷四十五〈換貸自取多還少命終為犢十五〉中敘述：

> 昔有長者居富無限，唯有一妹，嫁得貧婿，兄數數餉遺，轉欲厭妹來，從兄貸麵。兄言：「自往取之。」妹便案捺而取，持灑如還，兄亦不覺，數數非一，妹命終為兄家作犢子，兄甚愛之，養食令肥，當殺祠神。時五百賈客，欲從主人，舉錢頓息，在外展轉，自相問言：「卿取幾錢，各各說其多少？」最後一人言：「但益取之，後同不還，多少何在？」時犢子在邊，便作人語：「諸人何以，乃生此意，我是主人妹，坐貸麵欺兄，今作牛身，來償兄債。」時五百賈人，聞其言，莫不戰慄，皆不復舉錢而去。（出諸經中要事）。〔註190〕

內容描述妹妹向哥哥借貸麵，借多還少，妹妹死後轉生到哥哥家中做牛，哥哥準備養肥後殺來祭神，剛好遇見五百商人，準備要向主人借貸，在外面自相問說到底要借多少錢？最後有一人說：「盡管拿吧，後面不還錢，拿多少有什麼關係。」當時牛在旁邊說人話，告訴商人，前世因向兄借貸未還完才變成牛來還債，商人聽完嚇到跑走，不敢借錢了。

以上類似情節亦見於《經律異相》卷四十七〈迦羅越牛自說前身負一千錢三反作牛不了四〉中敘述：

> 昔大迦羅越，出錢為業，有二人舉錢一萬，至時還之，後日二人復相謂言：「我曹更各舉十萬，後不還之。」有牛繫在蘺裏：「語二人言，我先世時，坐負主人一千錢不還債，三反作牛猶故不了，況君欲取十萬，罪無畢時。」二人驚怪，會天已曉，主人出，二人說牛

〔註189〕《中國民間故事集成》海南卷，頁 481～482。
〔註190〕《經律異相》，頁 238。

之語，主人即便放著群中，不復取用，呪願，此牛自今已後，莫復
受此畜生身，若有餘錢，一以布施，牛後命過，得生人中。（出譬喻
經）。〔註191〕

描述以前有大迦羅越借錢給二個人做生意，到了要還債時，二個人互相討論
說我們再各借十萬，之後就不要還錢，有牛剛好綁在籬笆中，告訴二人說，
因前世負債欠主人一千錢沒還，三世作牛，更何況是你們。」二人吃驚，天亮
後，主人出來後，二人說牛語，主人即放他們於牛群中，並祝願他們不要再
受畜生身，布施後就能轉生為人。

此故事情節主要為：（一）有個人借錢給他人或向人借錢。（二）故意佔
對方便宜，不承認對方的還款或賴帳。（三）他死後變成畜生，在被他佔便宜
的人家中工作還債。（四）債一還完，生命就結束了。

故事傳入中國後，情節則稍異，多了描述背債人受前世的債務人殺害，
臨死前說出轉世還債的理由，或是他向前世仇人說明還債理由後，仇人原諒
他。〔註192〕其也影響歷代筆記小說創作，也有許多此類型故事。〔註193〕

故事761A型為丁乃通先生所增訂，金榮華先生《民間故事類型索引》一
書中則命名為「前世有罪孽投胎為畜生」，故事梗概為：「財主作惡不仁，昧
人錢財，天神使他死後變為驟馬，清還生前所欠。」〔註194〕

此類型故事流傳於臺灣地區的有：〈貪心個翹牛仔伯〉〔註195〕、〈十八

〔註191〕《經律異相》，頁248。
〔註192〕胡萬川：《臺灣民間故事類型》（臺北：里仁書局，2008年11月），頁129。
〔註193〕金榮華主編：《中國歷代筆記故事類型索引》（新北市：中國口傳文學學會，
2019年4月），頁148。顧希佳：《中國古代民間故事類型索引》（杭州：浙
江大學，2014年6月），頁125～126。唐‧段成式《酉陽雜俎》續集卷四〈貶
誤‧誤殺〉、五代‧徐鉉《稽神錄》卷二〈吳宗嗣〉、宋‧洪邁《夷堅三志》
辛卷二〈劉和尚犬〉、宋‧周密《軼辛雜識》別集卷上〈東遷道人〉、元‧楊
瑀《山居新話‧豬還債》、明‧李樂《見聞雜記》續卷一〈驟言〉、明‧王同
軌《耳談》卷三〈秦參軍家牛〉、明‧李以恒《淮城夜語‧驟語》、明‧夏良
勝《正德建昌府志》卷十九〈豬還債〉、明‧唐冑《正德瓊台志》卷四二〈一
陽和尚轉世〉、清‧徐芳《諾皋廣志‧寒空僧》、清‧蒲松齡《聊齋志異》卷
四〈褰償債〉、清‧慵訥居士《咫聞錄》卷七〈驟償前生債〉、清‧解鑒《益
智錄》卷五〈來生債〉、清‧解鑒《益智錄》卷六〈牛償債〉、清‧曾衍東《小
豆棚》卷三〈三生贄〉、〈償負驢〉、清《池上草堂筆記‧變牛還債》。
〔註194〕金榮華：《民間故事類型索引》（增訂本），頁533。
〔註195〕胡萬川總編：《臺中縣民間文學集11》（臺中縣：臺中縣立文化中心，1994
年），頁80～86。

羅漢〉〔註196〕、〈還債〉〔註197〕、〈十八羅漢介故事〉〔註198〕、〈做牛還帳〉〔註199〕、〈雞母厝的故事〉〔註200〕、〈員外和賣搖鼓的〉〔註201〕、〈前生詐欺〉〔註202〕、〈樵夫和白銀〉〔註203〕、〈雞母厝〉〔註204〕、〈一袋銀仔角〉〔註205〕等。

中國地區有廣西麼佬族的《馬脖子上的銅錢》，故事大意如下：

有個麼佬人臨死前對妻子說：「你的弟弟曾欠我錢，我死後你去向他要。」後來妻子生活困苦，決定去向弟弟要錢。弟弟很貪財不還，還對天發誓如果真的欠錢，死後變成馬幫她耕田，姐姐不再問。有天姐姐卻看見弟弟走向自己家裡，卻找不到人，於是問孩子，孩子只說家裡的牛欄多一匹小馬。姐姐就對孩子說這匹馬是你舅舅。有天母子牽馬上街，不小心踢壞別人商品，要賠三十六個銅錢，小孩正說：「舅舅怎不小心踢壞商品呢？」商品主人好奇問原委，不敢向他們要錢反而還清以前欠舅舅的錢，深怕欠債變成馬還債。〔註206〕

又如，安徽的〈歪頭縣城隍〉，故事大要如下：

濟生與還紅是好友，濟生的經濟狀況較好，有日濟生主動幫助還紅，給他四個元寶做生意，經過幾年後還紅發達了，濟生的經濟條件卻走下坡，濟生想要回四個元寶，還紅賴著不肯還，於是兩人到城隍前發願。還紅向城隍

〔註196〕 胡萬川總編：《苗栗縣民間文學集 4》（苗栗市：苗栗縣文化局，1998 年），頁 2～16。
〔註197〕 胡萬川總編：《苗栗縣民間文學集 11》，頁 168～173。
〔註198〕 胡萬川總編：《桃園縣民間文學集 19》（桃園市：桃園縣文化局，2003 年），頁 62～68。
〔註199〕 黃哲永總編：《嘉義縣民間文學集 9》（嘉義縣：嘉義縣立文化中心，1999 年），頁 118～125。
〔註200〕 江肖梅編：《臺灣民間故事》第七集（新竹市：新竹市政府出版，2000 年），頁 29～32。
〔註201〕 胡萬川總編：《苗栗縣民間文學集 11》，頁 159～163。
〔註202〕 胡萬川總編：《桃園縣民間文學集 45》（桃園市：桃園縣文化局，2006 年），頁 127～131。
〔註203〕 吳瀛濤：《臺灣民俗》（臺北市：眾文圖書股份有限公司，2000 年），頁 388～391。
〔註204〕 《經律異相》，頁 441～442。
〔註205〕 古榕廡：〈一袋銀仔角〉，《臺灣畫刊》1984 年 9 月，頁 40～41。
〔註206〕 陳慶浩、王秋桂主編：《中國民間故事全集‧廣西民間故事集二》（臺北：遠流出版社出版，1989 年 6 月），頁 437～439。

賄賂，發願若使濟生摔斷腿，就以三百斤重的豬祭祀城隍，於是濟生果然摔斷腿。隔年，還紅要還願，尋找到了一隻三百斤的豬，向主人殺價後成交，趕豬回家時，聽見豬哭著說：「因為前世欠債不還，今世變成豬來還債。」還紅嚇到，趕緊將元寶送還給濟生，之後濟生知道城隍受賄賂，生了氣將城隍神像的頭給劈了，從此就成了歪頭城隍。〔註207〕

此類型故事有著深厚的宗教意涵，即善有善報、惡有惡報的寓意，故事情節以作惡者投胎為動物來還債。佛教輪迴中的「畜牲道」，即動物互啖、被人使役、被人宰殺等，警惕人們勿佔他人一時便宜而反害了自己。

第四節　生活故事、惡地主與笨魔的故事

一、生活故事「至友報恩不明言」（型號 ATK893A）

《經律異相》卷四十四〈醫治王病差獲王報殊常八〉的故事大要如下：

從前有一位大國的國王，得了重病，病了十二年都還沒痊癒，延請了各地的名醫來醫治，但都沒有人能治好。此時，在邊地有一附屬於大國國王統領之下的小國，其中，有一位醫師醫術精湛，大國國王就下召命令請他前來為自己治病；沒多久，多年的病痛慢慢有些減緩。國王為了感念這位醫師的恩德，屢次派遣使者前去小國傳達命令，封賞許多財物給他。醫師在國王的身邊治病，都沒聽到國王對他說什麼話，他心裡想：「我花了很多精力及時間治療國王的病很有成效，不知國王會不會賞賜、報答我？」又過了一段時間，國王的疾病漸漸康復，那位醫師打算告辭回國。國王允許了，並為他準備了一匹瘦弱的馬，車子也很破舊。醫師非常感歎、悔恨，他心裡想：「我費了很大的功夫治療大王的疾病很有成效，但是大王竟然不知感恩，不提拔關照我，卻讓我空手而回。」

當他才剛回到國內，就看到一群象，他請問那位牧象的人：「這是誰家的大象？」牧象人回答說：「這是某位醫師的大象。」醫師又問牧象人：「這位醫師從哪裡得來這些大象呢？」牧象人回答：「那位醫師治好了大王的疾病，因為有大功勞，所以得到這樣的回報。」再繼續往前行，看到一群牛、羊。醫師又問牧牛人、牧羊人：「這是誰家的牛羊？」牧牛人、牧羊人回答

<hr>

〔註207〕《中國民間故事集成》安徽卷，頁 292～293。

說：「這是某位醫師家的牛羊。」再繼續往前行，看見自己原來的房屋變成了豪宅、高堂重閣，與原來的房子大不相同，便問守門人：「這是誰家的房子？」守門人告訴醫師說：「這是某位醫師的房子。」醫師一進門，看見一位婦人身材豐滿、端莊美麗，身上穿著華麗的衣服，問道：「這位是誰的夫人？」旁邊的侍從回答：「這位是某醫師的夫人。」自從看見象、馬、牛、羊，一直到進入屋內，醫師知道這一切都是由於他為國王治病有功而獲得的回報。醫師感到很後悔，我原本為國王治病所下的功夫太少了！這比喻所得的福德也就變少了。〔註208〕此故事亦見於《雜譬喻經》卷一（十六）及《大莊嚴論經》第八十九則。

此類型故事丁乃通先生作893*，命名為「秘密的慈善行為」〔註209〕，在金榮華先生的《民間故事類型索引》一書中，故事梗概為：

> 甲乙兩人是好友。甲富乙窮，所以甲常在經濟上幫助乙。後來乙上京考試，做了大官；或是在別處發了大財，而甲則家境敗落。於是甲去向乙求助，不料乙對甲祇是一般朋友相待，一直沒有要幫忙的意思，甲遂憤然離去。回到家中，才知乙已暗中為其購置產業，恢復了家園。〔註210〕

故事亦見於中國的浙江、北京、遼寧、福建、寧夏、河南、江蘇、山西、湖南、湖北、江西、河北、上海、廣東、黑龍江、山東、內蒙古、青海等地區。

在宋・周密所撰的《癸辛雜事別集》卷上〈葛天民賞雪〉〔註211〕與清・許奉恩所撰的《里乘》卷六〈甲與乙為善友〉〔註212〕亦有相同情節之敘述。

〔註208〕（梁）釋寶唱：《經律異相》，頁229。

〔註209〕（美）丁乃通著、鄭海等譯：《中國民間故事類型索引》（北京：中國民間文藝出版社，1986年），頁278。

〔註210〕金榮華：《民間故事類型索引》（增訂本），頁630。

〔註211〕（宋）周密：《癸辛雜事別集》見《景印文淵閣四庫全書・子部・小說家類》（臺北：臺灣商務，1983～1986年），冊1040，頁116。

〔註212〕（清）許奉恩：《里乘》見《叢書集成三編》（臺北：新文豐出版公司，1997年），第六十五冊，頁504。
〈甲與乙為善友〉內容：「甲與乙為善友，甲貧而乙富。甲將遠出貿易，托家室於乙，乙毅然諾之。甲既去匝月，妻以食用不給，遣子往乙求助。乙冷笑曰：「曩與而翁言，特戲耳。若眷口多人，將仰給於我，來日方長，但供若坐享，雖銅山亦易崩也。請別為計。」子聞言觸望。不得已，又哀懇之，乙拒益力，子怏怏歸，返命於母。甲妻歎曰：「今天下所謂金蘭之友者，類如此矣！」米罄薪絕，舉室愁對，計無所之。忽乙之老僕來，甲妻數其主人

　　又如：福建的《路遙知馬力》（一）（二）〔註213〕、遼寧的《路遙知馬力》〔註214〕，以上故事皆是敘述一對好友，一個叫路遙，一個叫馬力。路遙有錢，一貫仗義疏財，馬力家窮，卻也喜作善。有一年馬力出門做生意，向路遙借了幾百兩銀子。不料路上遇見有人遭難，馬力只好以路遙名義捐出所有銀子，自己流落於他鄉，後來他獲得一筆財寶，過上富裕的日子。數年後，路遙家也遭難破敗，跑去投奔馬力，不料，馬力沒有相助之意，也不提還銀子之事，路遙恨自己交錯了朋友，住了數個月後返鄉。回到家，卻見自家已蓋起高樓大廈，家產也贖回了，家人告訴他是馬力幫助他的，路遙才知道他錯怪馬力了。

　　佛經故事的情節強調做人為善，福不唐捐，而故事流傳到民間故事後，情節產生變化，朋友間的考驗是雙向進行的，強調朋友間最重至誠，與人交往在於「義」，當被誤解的一方不是直言說破，忍而不發等待水落石出，生疑之人最終感到慚愧與懊悔。

負諾之非。僕亦頗為不平，義形於色，且曰：「人情反覆如此，焉用友？夫人第請息怒，老奴聞夫人一家皆精女紅，曷不以針黹生活，較勝求人。」甲妻曰：「汝言固善，奈無資何？」僕曰：「果爾，老奴自有良策。老奴常為主人會計，各店頗蒙取信。夫人應需何物，老奴可暫往各店支取，俟鬻物償資，亦無不可。」甲妻大喜稱謝。遂央僕貸得針線布帛等類，日督妾女子婦諸人壹意刺繡，自旦達夜，不肯少休。每業一物，僕即攜去代鬻於乙，乙賞其精巧，不吝厚價。甲一家食用賴以不乏。久之，漸有贏餘，舉家甚德老僕，而益不直乙。乙自甲去後，亦絕不過問。初甲出門，同人合權子母，三年，客囊充牣。既歸，見家室無恙，衣食豐腴，意是乙所賙恤。詢之妻，妻唾且罵曰：「君休矣！君若徒恃金蘭之友，則一家之骨不填溝壑也幾希矣！」乃痛數乙所為，並頌僕德，備述縷覼。甲不勝詫異，將詣乙詰責。乙見甲歸，大喜，執手敘闊，情誼殷拳。甲忿不能遏，作色曰：「別後以家室相累，今幸不致餓莩，微君之惠不至此！」乙笑曰：「君疑僕耶誠然。老僕之代夫人經營者，皆鄙人之所籌畫而指使者也。鄙意如夫人暨諸弱息皆在妙齡，君既遠出，舉家無主，若使坐食偷安，反恐逸蕩生事。故藉針黹使之作苦，閒束身心，不有以難之，則有所恃而業不專，又高其值而利誘之，則更有所貪而益忘倦。僕之為君謀者不可謂不忠矣，豈真需繡飾、藏為玩好者耶？　乃使左右舁一箱至，見頻年所購各物堆積其中，燦然如新。顧謂甲曰：「僕留此實無所用，請仍攜歸，俟女公子迨吉，小助妝奩可也。」甲至此始知乙用心之深，用情之摯，把臂痛哭，再拜謝過。歸述於妻妾子女，始各恍然，無不感激涕零。嗟乎！如乙之於甲，是真不愧為友矣。安得今天下所謂金蘭之友者盡如是耶！」

〔註213〕　《中國民間故事集成》福建卷（北京：中國 ISBN 中心出版，1998 年），頁765、768。
〔註214〕　《中國民間故事集成》遼寧卷（北京：中國 ISBN 中心出版，1994 年），頁859。

二、生活故事「所得警言皆應驗（買來的或別人提供的警言證明是正確的）」（型號 AT910）

《經律異相》卷四十四〈有人買智慧得免大罪十八〉中敘述：

> 昔有一人，貧窮無用，治生入海，採寶還國。遇善知識言：「我素貧窮，今得此物，足以自諧，若母不可，我意當捨母居去，若婦不可，我意我當更索。」知識答曰：「近此間大智慧，人滿城中，可往就買智慧，不過千兩金。自當語卿，智慧之法。」其人如其言，入事佛聚落，具以問人。答曰：「夫所疑事，前行七步，却行七步，如是至三，智慧自生。」其人夜歸家，見母伴婦眠，謂是他男，拔刀欲殺，意中不掩，然大燈火，遙照思惟，朝買智慧，如是前却三反，母便覺悟，此人歡言：「真為智慧，何但堪千兩金。」即復與三千兩金。
>
> （出十卷譬喻經第四卷）〔註215〕

人欲買智慧之法，到佛聚落問人。有人告訴他，夫所疑事，前行七步，却行七步，如是三次，智慧自生。其人夜歸家，見母伴婦眠，誤以為是其他男子，拔刀欲殺，然大燈火遙照，思惟朝買智慧，如是應前却三反，便覺悟，沒犯下誤殺之錯。其中「買智慧」的情節，由漢譯佛典傳入中國後，影響到中國民間故事。

此類型丁乃通先生命名為「買來的或者別人提供地警言證明是正確的」〔註216〕，在金榮華先生的《民間故事類型索引》一書中，命名為「所得警言皆應驗」，故事梗概為：

> 有一個出門在外很久的人，在返鄉前占卜求籤，獲得一些預警，如「逢崖切莫宿」、「逢水切莫浴」等。在搭船回歸途中，船夫將船泊於大崖之下，他想起「逢崖切莫宿」之句，即令船夫移船別住。船剛離開，大崖忽然崩下，全船倖免於難。他抵家當晚，妻子燒了熱水讓他洗澡。他想起「逢水切莫浴」之句，就推託不洗，不料他妻子在洗澡時被人殺死，結果查明兇手是他妻子的情夫，以為他遠道歸來必洗澡而誤殺了他妻子。或如一人得到一些誡言，中有如「明月明月，不可獨行」之類的話。後來他受雇於人，雇主之妻對他有

〔註215〕（梁）釋寶唱：《經律異相》，頁231。

〔註216〕丁乃通：《中國民間故事類型索引》，武漢：華中師範大學出版社，2008年4月，頁193。

意，被他拒絕後懷恨在心，設計害他，要他在某夜前往某處辦事，
或是送信去某處，另囑兇手於該處等候欲殺害他。但這個人在當晚
看見明月當空，想起「明月明月，不可獨行」的話，便猶豫不去。
設計害他的人久不見動靜，前往察看究竟，結果被自己所雇用的兇
手誤殺。或如「盛怒之下莫出手」、「不要打聽跟你無關的事」等，
後來證明，那些勸告確實使他沒有闖禍或犯錯。〔註217〕

此故事亦見於南朝宋・劉敬叔所撰《異苑》〔註218〕卷九「北海任誗字產期」
條、宋・章炳文所撰《搜神秘覽》〔註219〕及清・解鑒所撰的《益智錄》卷九
〈蘇成〉〔註220〕中。亦流傳至中國的十幾個省分，及中東、東南亞、南美、

〔註217〕 金榮華：《民間故事類型索引》（增訂本），頁636。
〔註218〕 （南朝宋）劉敬叔：《異苑》見《景印文淵閣四庫全書・子部・小說家類》
（臺北：臺灣商務，1983～1986年），冊1042，頁547。
〔註219〕 （宋）章炳文：《搜神秘覽》（北京：中華書局，1985年），頁1。
西山費孝先，善軌格，世皆知名，有客人王旻因售貨至成都，求為卦，孝先
曰：「教住莫住，教洗莫洗，一石穀，搗得三斗米，遇明即活，遇暗即死。」
再三戒之，令誦此數言足矣，旻受乃行，途中遇大雨，憩於屋下，路人盈塞，
乃思曰：「教住莫住，得非此耶？」遂冒雨行，未幾，屋顛覆，獨得免焉。
旻之妻已私謂鄰比，欲講終身之好，候旋歸，將致毒謀，旻既至，妻約其私
人曰：「今夕但新浴者，乃夫也。」日欲晡，果呼旻洗沐，重易巾櫛。旻悟
曰：「教洗莫洗，得非此邪？」堅不從，婦怒不肯，乃自沐，夜半反被害。
旻驚晄罔測，遂獨囚繫。官府栲訊就獄，不能自辨，郡守錄伏牘，旻悲泣言
曰：「死只死矣，但孝先所言，終無驗耳。」左右以是語上達，翌日，郡守
命未得行法，呼旻問曰：「汝鄰比何人也？」曰：「康七。」遂遣人捕之。「殺
汝妻者，必是人也。」已而果然，因謂察佐曰：「一石穀搗得三斗米，非康
七乎？」旻既辨雪，誠遇明即活之效歟。」
〔註220〕 （清）解鑒：《益智錄》，北京：人民文學出版社，1999年1月。
鄒平縣蘇成，好為方便事。其居西十里許，道旁有孤柳，甚巨，行人每休息
其下。蘇盛夏自邑歸，炎熱似火，急至樹下，摘笠解襟，當風而立。忽東來
一瞽者，其行之速，目瞭者未必過之。瞽至，自言：「幸得到此，可稍憩息。」
曰：「時運不好，半日未得一文錢，茲得柳廕庇，試為柳占之。」既而曰：
「喪氣！此柳將死，不當為死人算命。」太息而去。蘇以為妄。未幾，來數
人，各執攻木器，同止樹下。蘇問之，一人曰：「將伐此樹。」蘇大駭，曰：
「此樹生於路側，若去之，行旅出於是途者，幾無休息處。」曰：「樹主鬻
之，奈何？」蘇問價於買者，一人指一人曰：「賣於是。」蘇因與言，曰：
「吾欲加原價數千，轉買於子，俾無伐，以便行人，子願諸乎？」答曰：「願
之。」曰：「若然，樹價容日奉交。」蘇思：瞽者何能預知，仙乎？仙乎！
急蹤跡之，曰：「先生何所算之樹不准？」曰：「誠然。餘算必有人買而植之。
然世間鮮有此等好人，故未決斷。」蘇聞之，更駭，曰：「買而植之者即僕。」
瞽人喜曰：「此方便事，君必逢凶化吉。」蘇曰：「僕正欲請教，敢煩先生細

非洲、歐洲等地區。〔註221〕

例如，哈薩克族有三個故事：《三句話》、《智慧和箴言》、《買來的智慧》。〔註222〕《三句話》的故事內容是一個年輕人用一匹馬換來老人三句話：「一、當飲過井裡的水後，不能往裡面吐唾沫；二、早餐一定要吃飽；三、當右手生氣時，左手一定要拉住它。」後來年輕人出外謀生，給國王當侍衛受到王后勾引，他記住第一句話來對抗邪惡；又記住第二句話，避免一場殺身之禍；闖蕩多年回家後，看見別人睡他的妻子旁邊，他記住第三句話，冷靜與妻子說話，發現是原來是自己的兒子。三句金玉良言最後拯救了他。

《智慧和箴言》、《買來的智慧》這兩個故事情節較複雜與新奇，前一篇描述一個王在市集上買到智慧之言：「無論做什麼事，一定要想好再做。」使他在遇到險境時，逃脫奸臣和匪徒對他的殺害。後一篇是以一個出遠門經商的商人，以四千兩金子買到幾句箴言：「眾人有難，好漢來擔當，大限未到，性命不會亡。」、「魔鬼一笑，就動了邪念，這樣的人沒有好下場；受人恩惠，反以人為仇，這樣的人沒有好下場」、「人有氣數，也有機緣，聽到喚禮聲，趕快上寺院」、「飽嘗憂患的人，難免有神智迷亂的時候，當驚疑遮蔽了兩眼，要以心代目，思前想後。」後來商人經歷了凶險、被義母勾引、回家看見妻子旁睡著小夥子，都一一化解。

以上的幾篇都是智慧之言在社會生活中運用而應驗的故事，遇事前須前行七步後退七步，三思而後行，皆屬同一類型的故事。

三、生活故事「小男童以難制難」（型號 AT920A.1）

《經律異相》卷三十四〈王女見水上泡起無常想七〉中敘述：

> 為推詳。」瞽指其掌曰：「他事且不論，今日君有奇禍。以君有買樹陰功，或有救星，然必能忍人所不能忍，方可免。」蘇大驚，急歸家。見妻與一少男白晝同寢，大怒，欲覓刀手刃之。忽憶瞽言，搖妻醒，叱曰：「起！誰與汝同臥？」妻曰：「何怒為？吾亦不知為誰。君意可寢此牀者為誰即是誰。」蘇曰：「可寢此者，唯吾與汝及吾女耳。」妻曰：「若然，君多此一問。」蘇察之，果其女。笑曰：「吾女何為男妝？」妻曰：「今吾生日，因無子，故戲令女男妝拜祝，以娛目前。」蘇曰：「汝母女二命，幾並喪吾手，幸緣吾一時之忍，實亦瞍瞽仙之教。」乃歷言於其妻。蘇當年得子，卒時見曾孫焉。

〔註221〕 金榮華：《民間故事類型索引》（增訂本）（新北市：口傳文學會，2014 年 3 月），頁 635～638。
〔註222〕 劉守華：〈佛經故事與哈薩克民間故事〉，《西北民族研究》2010 年第 1 期，頁 180。

昔有國王女，為王所愛，未曾離目，時天降雨，水上有泡，女見水泡，意甚愛敬。女白王言：「我欲得水上泡，以為頭華鬘。」王告女曰：「今水上泡不可執持，云何得取，以為華鬘。」女言：「設不得者，我當自殺。」王聞女語，告巧師曰：「汝等奇巧，靡事不通，速取水泡，與我女作鬘，若不爾者，當斬汝等。」答曰：「我等不堪，取泡作鬘。有一老匠言：「我能取泡。」王甚歡喜。即告女曰：「今有一人，堪任作鬘，汝可自往，躬自臨視。」女隨王語，在外瞻視，時彼老匠，白王女言：「我素不別水泡好醜，伏願王女，躬自取泡，我當作鬘。」女尋取泡，隨手破壞，不能得之，如是終日，竟不得泡，女自疲厭，而捨之去。女白王言：「水泡虛偽，不可久停，願王與我，作紫磨金鬘，終日竟夜，無有枯萎，水上泡者，誑惑人目，雖有形質，生生便滅，盛炎野馬，亦復如是，渴愛疲勞，而喪其命，人身虛偽，樂少苦多，磨滅之法，不得久停，遷轉變易，在世無幾。」〔註223〕

內容描述從前有一個國王女，時天降雨，水上有泡，女見水泡意甚愛，欲得水上泡以為頭鬘，得不到就自殺。有一巧師告訴她，請她先挑出美的水泡才能製作，但是水泡無法摸著，久了她也累了才作罷。佛陀以水泡來比喻外表美麗本質虛幻的物質現象，人通常為此現象著迷並且不擇手段盲目追求，卻無法看透其本質是短暫且虛妄，佛陀以逆向操作的方式點醒國王女，並不強迫其放棄追求，反而鼓勵國王女追求慾望，在體驗不斷受挫的過程中，去悟出本質即空的道理。此處摘錄自《水上泡經》。其又見於《根本說一切有部毘奈耶雜事》卷二十七。

《根本說一切有部毘奈耶雜事》卷二十七，所述重興王出的五道難題，其中兩題為「小男童以難制難」型，內容大要如下：

甲、國王令圓滿以砂做繩，長一百肘，做好立刻送進宮，大藥為父親出計策，當面對使者說：「請問王要何種顏色之繩？請垂一肘以樣示人，如此不管多少我都可以辦到。」使者回去稟報，國王知道是大藥之策，對大藥看重，有所期待。〔註224〕

乙、國王又令圓滿做一件事，要一個裡面林池具足花果茂盛的園苑，立刻

〔註223〕《經律異相》，頁186。
〔註224〕《根本說一切有部毘奈耶雜事》卷二十七，頁336。

送去宮中。圓滿說：「園苑無情，不可轉移，要我拿去怎麼可能？」太令人煩惱了。大藥便告使者：「王命不敢不從。但此處是荒野園池，不知禮數進退，入宮怕有所觸犯。是否可請大王降一小園，暫來相引，隨之而去？」國王為大藥的勇敢與才智讚嘆。〔註225〕

在《佛本生》中也有一則情節相同的故事，內容大意為：

某天，國王為了考察智者，派人給村民送信說：「國王想要盪鞦韆，但是王宮的舊沙繩斷了，讓他們搓一根沙繩送來。若做不到就罰款一千。」村民不知怎辦就去問智者，於是他告訴村民去找能言善道之人，向國王說：「村民不知道沙繩的粗細，請你送去一截十二指長或四指長的舊沙繩，他們可以照樣子搓。」如果國王說：「王宮從來沒有沙繩。」你們就可以說：「連大王都造不出沙繩，我們怎有辦法呢？」〔註226〕

金榮華先生《民間故事類型索引》一書中則命名為「小男童以難制難」，其故事梗概為：「故事與875B.5（巧姑娘以難制難）同，祇是主角由女性換為男性。西方常見的情節是主角被要求用沙做一條繩子，主角則要求對方給他一個樣本。」湯普遜原作1174號。〔註227〕

故事875B.5型號的故事梗概為：

姑娘反制對方所出的難題，給對方出了完成其難題必須先解決的難題。如：1. 對方要河水一樣多的酒，像山一樣重的豬肉，像天一樣寬或像路一樣長的布。姑娘給對方一個斗、一個秤和一把尺，要對方先掐一掐河水有多少斗，秤一秤山有多少重，量一量天有多少寬或路有多少長，好讓她去準備。2. 公公要媳婦煮一鍋鴛鴦飯（半鍋米，半鍋水；一半爛，一半焦），媳婦要公公先給她一株鴛鴦竹箍鍋蓋（半株青，半株紅）。〔註228〕

例如，有則〈才女〉故事敘述：有個有錢的公子爺騎著馬在路上奔馳，經過一哇田地，田裡正巧有兩兄弟在插秧，他停下馬來就問：「上坵水漕漕，小阿哥！你一天插幾千棵秧？」。兩兄弟就將剛剛的情形說給姐姐聽。姐姐聽了就說：

〔註225〕《根本說一切有部毘奈耶雜事》卷二十七，頁337。

〔註226〕黃寶生、郭良鋆編譯：《佛本生故事選》（臺北：漢欣文化事業有限公司，2000年6月），頁444～445。

〔註227〕金榮華：《民間故事類型索引》（增訂本），頁649。

〔註228〕金榮華：《民間故事類型索引》（增訂本），頁591～592。

「沒關係，你們別生氣了，趕快工作，我教你們，等會兒再把他頂回來！」過了一會，那人騎馬回來了，兩兄弟用姐姐教他們的話：「一隻馬兒耳掀掀，小伙子！你一天騎幾千步？」〔註229〕

巧女解決難題不是直接回答，而是提出同類的難題反問對方，是一種「以難制難」的方式，以其人之道還治其人之身，因此硬碰硬不是智慧的，有時見招不拆招，再出新招給對方拆也是一種高明。

此故事流傳於中國地區有：河南〈三媒六證〉〔註230〕、江蘇〈石匠智鬥財主婆〉〔註231〕、西藏〈公牛懷孕〉〔註232〕、湖北〈三媒六證鬧洞房〉〔註233〕、雲南〈聰明人的故事〉〔註234〕、貴州〈薄石衣〉〔註235〕、湖南〈圍裙〉〔註236〕、山西〈三媒六證的來歷〉〔註237〕、新疆〈染色〉〔註238〕。少數民族有：布依族的〈薄石衣〉、傣族的〈國王的夢〉、〈聰明人的故事〉、羌族的〈難不倒的娃娃〉、普米族〈犁院牆〉。除此外亦流傳於韓國、日本、越南、菲律賓、伊朗、葡萄牙、俄國、希臘、南斯拉夫、非洲、寮國、意大利等地區。〔註239〕故事有：俄國〈機靈的士兵〉〔註240〕、非洲〈瘋子的忠告〉〔註241〕、朝鮮〈屏風上的老虎〉〔註242〕、日本〈灰繩千束〉〔註243〕、

〔註229〕劉淑爾：《類型研究視野下的中彰民間故事》（臺北：秀威資訊科技股份有限公司，2013年8月），頁190。

〔註230〕《中國民間故事集成》河南卷（北京：中國ISBN中心出版，2008年10月），頁339～340。

〔註231〕《中國民間故事集成》江蘇卷，頁645～646。

〔註232〕《中國民間故事集成》西藏卷，頁777～780。

〔註233〕《中國民間故事集成》湖北卷，頁347～348。

〔註234〕《中國民間故事集成》甘肅卷，頁878～879。

〔註235〕《中華民族故事大系》，第3冊，頁992～993。

〔註236〕《中華民族故事大系》，第5冊，頁805～807。

〔註237〕陳慶浩、王秋桂主編：《中國民間故事全集27·山西民間故事集》（臺北：遠流出版社，1989年6月），頁90～92。

〔註238〕陳慶浩、王秋桂主編：《中國民間故事全集37·新疆民間故事集》，頁276。

〔註239〕金榮華：《民間故事類型索引》（增訂本），頁650～651。

〔註240〕陳自新編譯：《俄羅斯童話精選》（上海：上海譯文出版社，1991年1月），頁74～76。

〔註241〕許昭榮譯：《世界民間故事集》第2冊（臺北：水牛出版，1988年4月），頁85～93。

〔註242〕安徒生等：《外國童話選》（四川：四川人民出版社，1979年11月），頁229～231。

〔註243〕《日本的民間故事》（東京：霞山會，1996年7月），頁27。

印度〈棋盤上的麥粒〉〔註244〕等。

　　AT920A.1 類型與其他類型複合的故事，舉例如下：

類　別	複合故事類型型號	故事大意	故事名稱
1	AT920A.1 ＋ATT875D.1「巧姑娘妙解隱謎」〔註245〕＋AT876「巧媳婦妙對無理問」〔註246〕	有一年朝廷發生動亂，皇帝到大理避難，一天，皇帝騎馬到蒼山下的村莊，遇見一個小伙子，問他：「你今天挖了幾鋤田？」小伙子答不出，他的老婆秀姑教他下次反問皇帝說：「你的馬今天跑幾步路？」皇帝知道秀姑聰明，故意借宿她家。皇帝拿出一些碎銀，請她一文錢買九樣菜，一碗米煮七碗飯，一張桌子通千隻眼。於是，她做一碗韭菜當九樣菜，用紅漆木碗做飯碗，用篩子做飯桌。皇帝吃完飯，見秀姑家壁上一條大魚，就問秀姑壁上畫的魚有幾斤？秀姑答：「請皇帝提起來讓她秤一下。」第二天，皇帝要離開，一隻腳跨在馬鐙上，一隻腳立在地上，問說他是要上馬還是下馬？秀姑反問他：「我現在是要進還是出？」	雲南〈聰明的秀姑〉〔註247〕
2	ATT875D.1＋AT1517「我的東西更值錢」〔註248〕＋AT920A.1	牛角山下有個寨子，寨子有個老頭和他的三個兒子，其中二個兒子各娶了二個媳婦，小兒子未娶，媳婦們愛回娘家，公公想法子刁難她們。公公說：「大媳婦下個月初一回娘家，只准回去七、八天，等月亮大圓時回來，不圓不許回來，回來帶紙包火。二媳婦只准回去三、五天，回來帶紙包風。」對門寨的女子阿莉很聰明，幫她們破解難題。阿莉教她們說：「七和八加起來正好十五，紙包火就是點火的燈籠，至於三、五天，三乘五是十五天，帶扇子回來搧公公就是紙包風。」後來阿莉嫁給了三兒子。某日，公公踩死隔壁韋大娘的貓，韋大娘說那是金貓，他們賠不起。公公	〈阿莉〉〔註249〕

〔註244〕章愉等編譯：《亞洲民間故事》（臺北：人類文化出版，2008 年 7 月），頁 168
　　　　〜173。

〔註245〕金榮華：《民間故事類型索引》（增訂本），頁 600。

〔註246〕金榮華：《民間故事類型索引》（增訂本），頁 609〜610。

〔註247〕陳慶浩、王秋桂主編：《中國民間故事全集9·雲南民間故事集》，（臺北：遠
　　　　流出版社，1989 年 6 月），頁 271〜274。

〔註248〕金榮華：《民間故事類型索引》（增訂本），頁 923〜924。

〔註249〕陳慶浩、王秋桂主編：《中國民間故事全集13·貴州民間故事集》，頁 334〜
　　　　338。

		想起之前借韋大娘的捶衣棒被她弄丟，阿莉教公公說那是金棒，韋大娘也賠不起。又某日，縣官下鄉收糧款，縣官為難他們要養一口豬，像泰山一樣重，過年時交出來，否則罰款。阿莉向縣官說：「不知泰山多重？請縣官來家中幫忙把泰山秤一下。」縣官最後知難而退。

以目前所見，世界各國關於這一個類型故事的數量約有五十多筆，很少見到重覆的難題，可見情節之精彩與廣泛運用。〔註250〕此類型故事隨佛經傳入中國後，與中國風俗結合形成許多巧女與巧媳婦的故事，流變出許多各種複合型故事。人遇見生活上的難題是不分男女的，當難題只是一種惡意的刁難、難以解決的時候，就必須靠機智而非蠻力來解決，由故事可知，人際關係的互動，大部分是在情緒上的交流與處理，而非只有需要幫助的實際困難，因此才衍生出許多以難制難的故事類型，象徵著人對於情緒的排解就是一個需要正視的難題。

四、生活故事「和國王鬥智的賊」（型號 ATK950）

《經律異相》卷四十四〈舅甥共盜甥黠慧後得王女為妻十二〉內容大要如下：

舅甥二人夜入王宮盜物，明監藏者覺物減少，王詔勿廣宣之，即加守備。其人果重來盜，外甥教舅，從地穴却行而入，舅入穴被守者抓到，執者喚呼，甥畏人識，截取舅頭而去。王又詔曰：「將屍體置於空曠處，其有對哭取死屍者則知是賊。」如是幾日，有遠方賈客來，其人載兩車薪置其屍上。外甥將教童豎執炬舞戲，人眾總集以火投薪，守者不覺，具以啟王。王又詔曰：「更增守者，嚴伺其骨。」甥又釀純酒，令守衛喝醉，因以酒瓶受骨，而去。守者不覺，王又以女兒色誘竊賊，仍無奏效久捕不得，當奈之何，女即懷妊，十月後生男，使乳母抱行周遍國中，有人鳴嘶者便縛送來，甥為餅師住餅爐下，小兒飢啼，乳母抱兒趣餅爐下，甥呼請乳母及伺者，就于酒家勸酒趁機偷走兒，甥時得兒抱至他國，前見國王，占謝答對引經說義，王大歡喜。輒賜祿位以為大臣，而謂之曰：「吾之一國智慧方便無逮卿者，欲以臣女若吾女當以相配自恣所欲。」對曰：「不敢，若王見哀欲索某國王女。」王曰：「善哉！從所志

〔註250〕陳妙如：《漢譯佛典根本說一切有部毘奈耶雜事故事研究》（臺北：文化大學華岡出版部，2015年8月），頁145～147。

願。」王即遣太子五百騎乘皆使嚴整。甥懷恐懼，恐到彼國，王必執之，便啟其王，若王見遣，當令人馬五百騎具、衣服、鞍勒一無差異，乃可迎婦。王令女飲食待客，二百五十騎在前，二百五十騎在後，甥在其中，跨馬不下，女父自出入騎中，執甥曰：「爾為是非前後方便捕不可得，為是爾非。」稽首答曰：「是也。」王曰：「卿之聰哲，天下無雙，隨卿所願，以女配之，得為夫婦。」外甥吾是，女父王者，舍利弗是，舅者調達是，國王父輸頭檀是，母摩耶是，婦拘夷是，子羅云是。(《出生經》第一卷)。〔註251〕

此類型故事在金榮華先生的《民間故事類型索引》一書中，故事梗概為：

> 舅甥或兄弟二人去王宮行竊，一人被機關捉住，不能脫身，另一人即將其頭割下帶走，以免身份暴露。國王為查出竊賊身份，下令用馬車載著那具無頭屍體在城裡到處走，偵查有誰見了會哭泣的。死者之妻在屋中望見，果然失聲痛哭，逃歸者急忙摔破瓷器，並做出責怪妻子不小心而予以痛毆的樣子作為掩飾。或是國王下令將屍體置於街頭，派人暗中監視，看是誰來取走屍體，逃歸之竊賊則以車隊在街上製造混亂，乘機把屍體取走。接著國王又以女色引誘等方法意圖捕捉，但仍被逃脫，無一奏效。〔註252〕

此故事亦見於中國少數民族蒙古族、哈薩克族、柯爾克孜族等，外國地區有印度、瑞典、捷克、德國、希臘、義大利、北非、埃及。

茲舉，哈薩克有則故事〈狡猾的小偷〉〔註253〕，描述一個叫賈阿爾別克的小偷，因偷竊國王金庫中的財寶，好幾次從國王所計畫的誘捕行動中脫逃，最後還機智的將鄰國國王和王后也偷出來，從而獲得國王的嘉獎，娶到公主。與佛經故事比較，小偷與國王鬥智的情節是相同的。

哈薩克以目前而言，主要信仰雖是伊斯蘭教為主，但是伊斯蘭教是在八世紀時成為哈薩克人宗教，之前曾信仰薩滿、祆教、佛教和景教。〔註254〕佛教傳入哈薩克後，亦影響其民間故事發展。而佛經故事的結尾說明外甥是佛的化身，與之較量的王是其十大弟子之一，敏捷聰明的舍利弗，在此可見印度故事對小偷機智的讚揚，為其種姓制度下，被歧視的賤民階層，尋得宣洩出口。

〔註251〕（梁）釋寶唱：《經律異相》，頁230。
〔註252〕金榮華：《民間故事類型索引》（增訂本），頁721～722。
〔註253〕中華民族大系編委會編：《中華民族故事大系》，冊6，頁514～521。
〔註254〕蘇北海：《哈薩克文化史》烏魯木齊：新疆大學出版社，1989年。

五、惡地主與笨魔的故事「群魔爭法寶」（型號 ATK1144A）

《經律異相》卷四十四〈小兒先身以三錢施今解鳥語遂得為王三十七〉中，故事內容如下：

> 昔有一人，用三錢布施，乞求三願：一者將來得作國王，二者解
> 眾生語，三者多諸智慧。其人命終，生庶人家，形色端正，王募
> 為左右，此兒投募，得侍王側，見燕在巢，仰首看而笑。王問：
> 「何笑？」答曰：「燕言，我得龍女，髮長十丈。」喚伴看之，王
> 曰：「審爾者好，無此者殺，遣看即得，王欲取女為婦。」語小兒
> 言：「汝解鳥語，必應多策，給汝食糧，覓此女人，得者重報，若
> 不得，殺汝及家口。」小兒冒死向東海邊，見二人共諍隱形帽、
> 履水靴、殺活杖。小兒曰：「何須云云，我放一箭，君二人逐，先
> 前得者，與三種物。」答曰：「善。」引弓放箭，二人爭走，小兒
> 取帽，著靴捉杖，直入海中至龍所。脫隱形帽，令龍女見，女人
> 多欲，遂與小兒持一餅金，還至外國，其王遣迎，勅女獨入。女
> 便前進，小兒戴隱形帽，隨女而入，女見王醜，以金擲王，額破
> 命終，小兒脫帽，共女上殿，高聲唱言：「我應為王，女為皇后，
> 霸王天下。」（出雜譬喻經）。〔註255〕

從前有一人，用三錢布施許了三個願望，一是將來作國王，二者能懂眾生各種語言，第三者，擁有許多智慧。此人命終後投生平民人家，正好國王招募侍從，於是正好錄取。他抬頭看見燕子在巢而笑，國王問其原因，他說燕子告訴他會得到頭髮十丈長的龍女，並且呼喚同伴來看。國王告訴他，最好如此，否則要殺他，派人去看就得到，國王要娶龍女。國王告訴小兒，因他懂鳥語一定有辦法，給他糧食去尋此女，有則重賞，無則殺他全家。小兒冒著生命危險，向東海邊走，看見二個人在爭隱形帽、履水靴、殺活杖。於是小兒請他們別爭，想出一個辦法，告訴二人，放一箭出去，誰先追到則可得到寶物，於是小兒趁機拿走三個寶物，直達龍宮，脫掉隱形帽見到龍女，龍女送他一餅金，回到本國後，國王相迎，下令讓龍女獨自進入，小兒戴隱形帽跟進去，龍女看見王長的醜，用黃金丟國王頭破而死，於是小兒脫隱形帽與女一同上殿，高聲說我應該立龍女為皇后，我稱霸天下。

〔註255〕《經律異相》，頁 243。

　　此故事情節主要有：（一）人懂鳥語（二）主角使用辦法引開誘騙多人所爭的三件寶物隱形帽、履水靴、殺活杖。（三）主角運用隱形帽進入龍宮，得到龍女送金，最後娶得龍女。

　　在《百喻經》卷二中也有則〈毗舍闍鬼喻〉的故事，敘述三件寶物，內容如下：

> 昔有二毗舍闍鬼，共有一篋、一杖、一屐。二鬼共諍，各各欲得。二鬼紛紜，竟日不能使平。時有一人，來見之已，而問之言：「此篋杖屐，有何奇異，汝等共諍，嗔忿乃爾？」二鬼答言：「我此篋者，能出一切衣服、飲食、床褥、臥具，資生之物，盡從中出。執此杖者，怨敵歸服，無敢與諍。著此屐者，能令人飛行無掛礙。」此人聞已，即語鬼言：「汝等小遠，我當為爾，平等分之。」鬼聞其語，尋即遠避，此人即時抱篋，捉杖躡屐而飛。二鬼愕然，竟無所得。人語鬼言：「爾等所諍，我已得去，今使爾等更無所諍。」毗舍闍者，喻于眾魔及以外道；布施如篋，人天五道，資用之具，皆從中出；禪定如杖，消伏魔怨，煩惱之賊；持戒如屐，必升人天；諸魔外道諍篋者，喻于有漏中強求果報，空無所得，若能修行善行，及以布施、持戒、禪定，便得離苦，獲得道果。〔註256〕

描述有兩個鬼，找得了一只箱子，一根手杖，一雙木屐；他們都想獨得，爭執不下。那時有一個人走來看到，就問他們兩個鬼說：「這三件東西究竟有甚麼用處，你們爭得這麼起勁？」兩鬼回答說：「這只箱子，能夠變出一切吃的食物，穿的衣服，和晚上睡覺蓋的棉被，以及一切資財。這根手杖，你只要拿在手裡，一切仇敵就都向你歸服，不敢抵抗。這雙木屐，穿上了，就能夠飛行，無論要到什麼地方，一眨眼的時間就到了。」這個人知道了就對兩鬼說：「我來給你們公平分配吧。」兩鬼就聽信他的話，走開了一點。這個人立刻抱了箱子，拿了手杖，穿了木屐，飛到空中去了。他在空中對兩鬼說道：「你們現在可以平安了，因為已經沒有東西可以爭了。」兩鬼聽了非常懊惱。此故事比喻布施如寶箱，人天一切享用物資都從布施的善因出生，禪定如寶杖，修定能降伏煩惱的怨賊；持戒如寶屐，戒律清淨，必升人天道中。兩個鬼如諸魔外道，在有漏法中，強求果報，結果是空無所得。只有一心一意，修諸善行，以及布施、持戒、禪定，就能脫離苦惱，獲證道果。

〔註256〕僧伽斯那：《百喻經》見《大正新修大藏經》第 4 冊，頁 549a28。

　　《經律異相》的故事是從《雜譬喻經》的故事摘錄而來，提到主角看見二個人在爭隱形帽、履水靴、殺活杖。於是想出一個辦法，告訴二人，放一箭出去，誰先追到則可得到寶物，於是主角趁機拿走三個寶物，直達龍宮，脫掉隱形帽見到龍女，最後娶回她。而《百喻經》中有比較詳細的問答，最後一段還以三件寶物比喻布施、禪定和持戒的重要，說教意味較濃厚。

　　「群魔爭法寶」型故事，湯普遜原作 518 號，在金榮華先生的《民間故事類型索引》一書中，訂為 1144A，故事梗概為：

　　　　三個鬼怪或巨魔為了三件法寶在爭吵，那是一隻要什麼有什麼的袋
　　　　子，一根百戰百勝的棍子，一雙穿了可以飛行的鞋子。一人經過，
　　　　問知原因後，願意為他們公平處理。他提出的辦法是賽跑，跑得最
　　　　快的可以先選所要的，或是獲得全部。待眾魔跑遠，他便穿上鞋子，
　　　　拿起袋子和棍子飛走了。〔註257〕

故事流傳於中國地區有：西藏〈三個朋友〉、吉林的〈氈帽、羊鞭和口袋〉、新疆的〈神奇的雞肝兒〉、維吾爾族〈下金雞蛋的母雞〉、普米族的〈阿巴札〉、塔塔爾族〈由奴僕到國王〉等。外國則有：伊朗、芬蘭、德國、義大利、西班牙、荷蘭、希臘、俄國、阿拉伯。〔註258〕

　　故事在各地流傳主要變化有二種：第一種是法寶的內容多樣化，目前流傳種類有帽子、馬鞭、紅黃花、繩子、餐巾、飛毯、碗、袋子、棍或杖、鞋、劍、披風、馬等，具有會飛、隱形、變出東西、對付敵人等特殊作用，以生活中的用品居多。不管如何變化，每則故事都一定會具有其中的三種寶物。第二種變化是與別的故事合起來產生複合型的故事。〔註259〕所見組合如下：

類　別	組合型號	故事大意	故事名稱
1	ATK1144A ＋ AT566「三件寶物和仙果」〔註260〕	阿巴札路上遇見兩人爭隱形帽、鞋子、木碗三件寶物，以賽跑為輸贏，他騙取寶物，又被某一寨子招親，之後背著妻	普米族的〈阿巴札〉〔註261〕

〔註257〕金榮華：《民間故事類型索引》（增訂本），頁 812。
〔註258〕金榮華：《民間故事類型索引》（增訂本），頁 813～814。
〔註259〕陳妙如：〈《百喻經》類型故事研究〉，《中國文化大學中文學報》第 29 期，2014 年 10 月，頁 67～70。
〔註260〕金榮華：〈一個民間故事的全球傳播與變異──佛經《毘奈耶雜事》中 AT566 及其相關類型試探〉，《湖北民族學院學報》第 26 卷第 4 期，2008 年，頁 50～55。
〔註261〕《中華民族故事大系》，〈阿巴札〉，第 14 冊，頁 128～136。

		子帶三寶物出遊,其中二件寶物被妻子搶走,後來遇見妖精,他運用隱身帽從妖精處取走可變身的泥巴,之後將泥巴塗在妻子身上,並取回寶物又把妖怪氣走。	
2	ATK1144A + AT567「神鳥之心」〔註262〕	獵人在深山遇見小精靈在爭一大批金器和一飛船,於是射箭,比賽誰先找到箭,就可得到寶物,獵人得到寶物後飛到陌生國家遇到公主,公主趁他睡著把飛船開走,之後獵人又發現二種吃了可變美與長角的水果,他誘使公主吃下長角的水果,公主後悔,他才幫她除去角,之後結婚。	〈獵人和精怪們的船〉〔註263〕
3	AT567 + ATK1144A + AT566	故事開始講述主角「吃雞肝吐銀子」(AT567「神鳥之心」)的情節,接著融入 ATK1144A「群魔爭法寶」的三種寶物出現,因寶物失去,為了尋回又加入 AT566「三件寶物和仙果」,藉由仙果功能尋回寶物。	新疆科爾克孜族的〈神奇的雞肝兒〉〔註264〕
4	ATK1144A + AT400「凡夫尋仙妻」〔註265〕	有個公主被魔法附身變成烏鴉飛進森林,有天哭著向路過的人求救,公主吩咐他去找一位森林中的老婆婆,但絕不可吃他的東西才能救她,但是都失敗,公主留了吃不完的食物、一枚戒指和一封信請他去金宮等公主,之後主角遇見三個強盜爭三件法寶,他騙取法寶後利用三件法寶救公主並娶了她。	德國《格林童話·烏鴉》〔註266〕
5	ATT400A「鳥妻」〔註267〕+ATK1144A	有個窮小子遇見有人給他吃喝被陷害到山上採寶石,之後遇見巫師,巫師告訴他取走鳥衣,娶到鳥妻的方法,後來	《意大利童話·鴿子姑娘》〔註268〕

〔註262〕 金榮華:《民間故事類型索引》(增訂本),頁423。
〔註263〕 洪紫千譯:《世界民間故事大全·北歐篇》,(上海:少年兒童出版社,1992年),頁23～33。
〔註264〕 陳慶浩、王秋桂主編:《中國民間故事全集·新疆卷》〈神奇的雞肝兒〉(臺北:遠流出版社,1989年6月),第38冊,頁80～85。
〔註265〕 金榮華主編:《民間故事類型索引》(增訂本),頁300～301。
〔註266〕 德國《格林童話·烏鴉》(臺北:遠流圖書公司出版,2001年),頁348～357。
〔註267〕 金榮華:《民間故事類型索引》(增訂本),頁303。
〔註268〕 《意大利童話·鴿子姑娘》(臺北:時報文化公司出版,2003年5月),頁68～72。

		不小心讓鳥妻飛走了，窮小子去找妻子的途中，遇見三個強盜在爭三件寶物，於是他騙到三件寶物並利用後，尋回妻子也救出被巫師施法的十二位騎士。	
6	AT810「和魔鬼耍賴」〔註 269〕＋AT400＋ATK1144A	有一富商因破產，在不知情下與小鬼簽訂賣兒子的契約，十二年後，父子共赴與小鬼約定，但父卻叫兒子坐在船上任其漂走，兒子漂到河岸因緣際會，救了被施法的公主，與她結婚成為國王。公主送他一枚許願戒回去看父親，但他用錯惹公主生氣，公主又把戒指取回，只留下鞋子，他穿鞋子遇見三個巨人爭父親的遺產，為劍、披風、靴子三件寶物。回去後發現妻子要改嫁，於是又利用三件寶物奪回王位。	德國《格林童話·金山王》〔註 270〕

　　以上為「群魔爭法寶」類型故事的複合型內容，都是描述主角遇難時發現各種法寶並加上智慧的運用，來解決眼前的難題，最後有個完美的結局。故事隨著各地的風俗演變，題材、配件與風格有不同變化，而《雜譬喻經》與《百喻經》時間較早，其餘故事都是後來根據其基本核心衍生而來，清楚可見其故事的流變過程。

第五節　笑話、趣事

一、射蠅出人命（型號 ATK1252）

　　《經律異相》卷二十二〈沙彌推師倒地而亡以無惡心精進得道五〉的故事大要如下：

　　舍衛國有一人，失去妻子，與兒子獨居，因為無財寶，覺世間無常，跟從佛出家，兒子年紀尚小，亦為沙彌，與父親一同乞食，要回家時，兒子怕父親危險，急忙扶著父親，但一不小心，反推父親墮地而死。佛告訴兒子，我知道你心無惡意，但你過去世時也是如此。以前父子二人共住一處，當時父病重，於時睡臥，多有蒼蠅一直來惱，父令兒遮住蒼蠅，希望得到安眠。當時兒

〔註 269〕金榮華：《民間故事類型索引》（增訂本），頁 295。
〔註 270〕德國《格林童話·金山王》（臺北：遠流圖書公司出版，2001 年），頁 549～550。

忙著遮蠅，卻始終無法阻止，兒便瞋恚，即持大杖打蠅，不慎將其父也打死了，父者是為此沙彌，當時兒者為今日的比丘。〔註271〕

　　傻兒子想幫助父親不知用正確方式，卻反而置之死地，父子二人又因此累世輪迴，佛以此故事比喻人雖無惡心，但愚痴沒有自覺，仍是陷入輪迴泥沼，同時提醒弟子精進修行。《經律異相》的故事是摘錄《賢愚經》卷十而來。此故事亦見於《佛本生經》。

　　故事1252型號為金榮華先生所增訂的，命名為「射蠅出人命」，故事梗概為：

> 三個傻兄弟出門學藝，老大學了打獵，老二學了補鍋，老三學了哭喪。回到家中，老大看見父親頭上停了一隻蒼蠅，舉鎗便射，結果在父親頭上打了一個大洞；老二一見，忙上去像補鍋一樣的補；老三則就大聲哭了起來。（參見型號163A、1586）〔註272〕

湯普遜原作1586（聰明的人類）。此故事流傳於中國地區的有：遼寧的〈傻姑爺探病〉〔註273〕、〈哭孫子〉〔註274〕，福建的〈三寶學藝〉〔註275〕，寧夏的〈五弟兄學藝〉〔註276〕，廣西的〈四兄弟祝壽〉〔註277〕。〈三兄弟學乖〉（瑤族）〔註278〕，〈三兄弟學乖〉（土家族）〔註279〕，〈憨包學手藝〉（水族）〔註280〕，〈財主仔學藝〉（麼佬族）〔註281〕。吉林的〈傻女婿學相馬〉、〈傻子識字〉。〔註282〕外國地區則有法國和希臘。

　　例如，臺灣有則〈員外和他三個兒子〉故事，內容敘述一位有錢員外，有三個傻兒子，員外自覺年老無法長期照顧兒子，於是給兒子們一筆錢出外學藝，老大遇到獵人向獵人買一把長槍，老二買了補鍋的風箱，老三買回了

〔註271〕《經律異相》，頁119。
〔註272〕金榮華主編：《民間故事類型索引》（增訂本），頁830。
〔註273〕《中國民間故事集成》遼寧卷，頁780
〔註274〕《中國民間故事集成》遼寧卷，頁955～956。
〔註275〕《中國民間故事集成》福建卷，頁872～873。
〔註276〕《中國民間故事集成》寧夏卷，頁537～539。
〔註277〕《中國民間故事集成》廣西卷，頁723～724。
〔註278〕《中華民族故事大系》，第1冊，頁234～236。
〔註279〕《中華民族故事大系》，第5冊，頁909～910。
〔註280〕《中華民族故事大系》，第9冊，頁221～223。
〔註281〕《中華民族故事大系》，第11冊，頁593～596。
〔註282〕黃浩：〈關東傻子故事的母題與文化來源〉，《北方論叢》第4期，2005年，頁37。

以為是仙丹的水肥。回家後父親正在睡，蒼蠅正停在父親身上，後來老大舉槍想射蒼蠅，卻誤射父親，老二與老三分別想用風箱與水肥救父親，結果反把父親折磨死。〔註283〕

　　此處情節單元描述三個傻兒子出外學藝過程，接著衍生出不擅所學技藝，無法幫助父親反而害死他，比起佛經中的簡單情節而言，稍微增加一些轉折與趣味性的提高。

　　觀察「射蠅出人命」類型故事，情節差異主要在於故事中主角身分不同，及經歷不同學藝或祝壽過程，有時主角只是一個財主或姑爺，特徵皆是個性憨直的傻子，花錢出去學藝或是向長輩祝壽等，因遇事後不善應對，衍生出一連串牛頭不對馬嘴的笑話。故事中的傻子通常屬於社會上的邊緣人，對生活無積極意義，但傻子類型故事仍不斷流傳於各地，乃是因為傻子在較純樸的社會中，曾是一種普遍的生活現象，越是人口少的偏僻地區，越容易產生。〔註284〕傻子有時是扮演丑角娛樂人們，但有時卻也似乎在嘲諷社會。從佛經中脫胎而來的傻子故事，流傳各地後，逐漸卸掉說教的意味，增加了娛樂趣味，轉變成一則生活中的笑話。

二、撈救月亮（型號 AT1335A）

　　《經律異相》卷二十一〈提婆達多昔為獼猴取井中月九〉敘述：

> 佛住王舍城，時諸比丘，為提婆達多作舉羯磨，六群比丘即同提婆達多同語同見。佛告比丘：「過去世時，有五百獼猴，遊行林中，到樹下有井，井有月影，時獼猴王見是月影。語諸伴言：『月今死落，乃在井中，當共出之，莫令世間，長夜闇冥。』時獼猴王言：『我知出法，我捉樹枝，汝捉我尾，展轉相連，乃可出之。』於是，連獼猴重，樹弱枝折，一切獼猴，墮井水中。時獼猴王者，今提婆達多是，爾時餘獼猴者，今六群比丘是。」〔註285〕

內容敘述有六群比丘跟隨外道提婆達多修行，佛告訴弟子們，他們的前世因緣。猴王與五百獼猴於森林中遊玩，見到樹下井中的月影，告訴同伴月亮墮

〔註283〕金榮華：《臺灣桃竹苗地區民間故事》（新北市：口傳文學會，2000 年 11 月），頁 149～151。

〔註284〕黃浩：〈關東傻子故事的母題與文化來源〉，《北方論叢》第 4 期，2005 年，頁 37～38。

〔註285〕《經律異相》，頁 116。

在井中要去救，才能使世間光明，猴王於是抓樹枝並教獼猴一個接一個抓牠尾巴，結果樹枝承受不住重量斷裂，所有跟隨猴王的獼猴皆墮井而死。佛以此故事比喻外道的不如法，帶領者本身方向就不對，跟隨者亦愚痴地一起墮落。《經律異相》是摘錄《僧祇律》卷八而來。此故事亦見於《根本說一切有部毗奈耶破僧事·獼猴救月》〔註286〕、《法苑珠林》愚戆篇·雜癡部〈猴子救月〉〔註287〕，佛經故事內容情節大致相同，只是文字上繁簡稍異，最後寓意為：自以為是卻又沒有正確觀念的人，不但自己錯誤，還帶領大眾走向不正確的方向，害人害己的故事。

另外，藏傳佛教噶當派名僧西博多哇口述、其弟子格西扎布巴復述、另一弟子喜繞多吉整理的《喻法寶聚》一書中，收有一則異文〈水中撈月〉，即是由佛經故事脫胎而來，內容基本也是相同的。〔註288〕

「撈救月亮」的型號AT1335A，丁乃通命名為「救月亮」，金榮華先生提到其故事梗概為：

> 傻瓜看見池塘裡的月亮影子，以為月亮掉進池塘裡了，便拋下繩索去拯救，結果自己也掉了下去；或是把大量乾草叉進池塘，好讓月亮出來。後來他抬頭看見天上的月亮，便認為月亮終於得救了。〔註289〕

此類型故事也流傳於中國的蒙古、西藏〔註290〕，烏茲別克的《阿凡提笑話集》及英國、土耳其、波斯、阿拉伯的民間故事中。〔註291〕

在阿凡提的故事中，拯救月亮的內容如下：

盛夏裡的一個晚上，天氣悶熱，阿凡提想到院子裡的水井中，打一口清涼的水解渴。當他在井邊彎下腰來時，發現水面上竟有一輪皎潔的明月！以為月亮掉到井裡去。阿凡提說：「我必須把它救出來。」他立刻跑回家拿了一條

〔註286〕義淨譯：《根本說一切有部毗奈耶破僧事》見《大正新脩大藏經》（臺北：新文豐出版公司，1983年元月），冊24，頁200c28。

〔註287〕道世撰：《法苑珠林》見《大正新脩大藏經》（臺北：新文豐出版公司，1983年元月），冊53，頁687a09。

〔註288〕祁連休：《中國古代民間故事類型研究》（石家莊：河北教育出版社，2007年），頁368。

〔註289〕金榮華：《民間故事類型索引》（增訂本），頁865。

〔註290〕祁連休：《中國古代民間故事類型研究》，頁368。

〔註291〕艾克拜爾，吾拉木編譯：《阿凡提故事大全·前言》，烏魯木齊：新疆青少年出版社，2007年4月。

粗麻繩，順著井壁小心翼翼地放下去，並來回擺動繩子，繩子晃著晃著掛到水底的一塊石頭上，卡住了，扯不動。這會兒阿凡提可高興了，以為月亮已經把繩子抓緊了。他使力拼命往上拉，可是這月亮怎麼這麼重啊！突然，他感到繩子一鬆，腳下一滑摔倒在地，一抬頭，月亮已經再次懸掛在天空上。阿凡覺得很自豪，自己救了月亮。〔註292〕

此類型之故事情節都是描述人或動物想救水中的月亮，只是方法稍異，例如，救月方法有三種：1.人拋下繩子去救 2.猴子以抓尾巴接力 3.用乾草叉進池塘讓月亮出來。結局有二種：1.救月者以為月亮得救 2.救月者直接掉入水中。故事諷喻傻子癡心妄想，做不可能達到的事，最後也是笑話一則。

三、夫妻打賭不說話（型號 AT1351）

《經律異相》卷四十四〈夫婦約不先語見偷取物夫能不言十四〉故事內容如下：

> 昔有夫婦，共食三餅，人各一枚，餘一欲破分。婦言：「莫分，與君共賭，各自不語，先語者失，後語者得。」於是閉口，至于中夜。竇士偷入，見其二人，坐而不語，謂是大怖，不敢作聲，收斂其物，擔將出戶。婦大喚曰：「汝是丈夫，那置物去。」夫言：「我勝！我勝！」今得大餅，眾人責笑，謂大顛癡。〔註293〕

一對夫妻為了多吃一塊餅而打賭不說話，以致小偷進入屋內偷東西也不作聲，當小偷要擔物出去時，婦人才大喊，丈夫卻還沉溺於打賭遊戲中，說婦人輸了。眾人皆以為笑話。此篇故事為《經律異相》摘錄《百喻經》卷四的〈夫婦食餅共為要喻〉而來的，內容如下：

> 昔有夫婦有三番餅，夫婦共分，各食一餅，餘一番在，共作要言：「若有語者，要不與餅。」既作要已，為一餅，故各不敢語。須臾有賊，入家偷盜，取其財物，一切所有，盡畢賊手；夫婦二人，以先要故，眼看不語。賊見不語，即其夫前，侵略其婦，其夫眼見，亦復不語。婦便喚賊，語其夫言：「云何癡人，為一餅故，見賊不喚？」其夫拍手笑言：「咄婢，我定得餅，不復與爾。」世人聞之，

〔註292〕艾克拜爾，吾拉木編譯：《阿凡提故事大全》（烏魯木齊：新疆青少年出版社，2007年4月），頁262。

〔註293〕《經律異相》，頁231。

無不嗤笑。凡夫之人，亦復如是，為小名利，故詐現靜默，為虛假煩惱，種種惡賊之所侵略，喪其善法，墜墮三塗，都不怖畏，求出世道，方於五欲，躭著嬉戲，雖遭大苦，不以為患，如彼愚人等無有異。〔註294〕

此處用以諷喻世俗利慾薰心之人，為了追求小名利而沾沾自喜，卻還不知大禍臨頭，就如故事裡的小夫妻一般，同時用以強調喪失善法，就會墮入三惡道的佛家思想。寶唱在《經律異相》中的敘述，加強了小倆口天真憨直的癡態描述，省略《百喻經》後面的佛教義理的部分，較偏向是世俗生活的小故事。

「夫妻打賭不說話」的故事梗概為：

夫妻打賭不說話，誰先開口誰就輸。這時有個賊來偷東西，或貓狗來吃糕點，等待其中一人叫起來，大部分東西或糕點已經被偷走或吃掉了。〔註295〕

此一故事，除了印度、日本、英國之外，至今流傳於中國的有河北的〈分餅〉〔註296〕、四川〈兩口子打賭〉〔註297〕、浙江〈啞口夫妻〉〔註298〕等地區。

故事的情節差異，在於佛經中夫妻打賭不說話是因為分餅而引起的，其他也有因夫妻二人，誰也不想早起做飯，或為了贏一吊錢而產生的。〔註299〕無論故事情節如何變異，它確定是源自佛經，即使脫去佛家義理的部分，流傳於現代亦是一則有趣的笑話，保留著有益的生活哲理。

四、妻妾鑷髮（型號 AT1375E）

《經律異相》卷四十四〈有人為兩婦所惡以至於死二十〉中敘述：

〔註294〕僧伽斯那：《百喻經》見《大正新脩大藏經》（臺北：新文豐出版公司，1983年元月），冊4，頁553。

〔註295〕金榮華：《民間故事類型索引》（增訂本），頁865。

〔註296〕《中國民間故事集成》河北卷（北京：中國 ISBN 中心出版，2003年1月），頁821。

〔註297〕《中國民間故事集成》四川卷（北京：中國 ISBN 中心出版，1998年3月），頁691。

〔註298〕《中國民間故事集成》浙江卷（北京：中國 ISBN 中心出版，1997年9月），頁860～861。

〔註299〕陳慶浩、王秋桂主編：《中國民間故事全集》第17冊〈一吊錢〉（臺北：遠流出版社，1989年6月），頁264～266。

> 昔有一人於兩業，有二婦適詣小婦，小婦語言：「我年少，婿年老，我不樂住，可往大婦處作居。」其婿拔去白髮，適至大婦處。大婦語言：「我年老頭已白，婿頭黑宜去，於是拔黑作白，如是不止，頭遂禿盡，二婦惡之，便各捨去，坐愁致死。過去世時，作寺中狗，水東一寺，水西一寺，聞揵捶鳴，狗便往得食。後日二寺，同時鳴磬，狗浮水欲渡，適欲至西，復恐東寺食好，向東復恐西寺食好，如是猶豫溺死水中（出十卷譬喻經）。〔註300〕

此類型故事丁乃通先生作1375E*，在金榮華先生的《民間故事類型索引》一書中，命名為「妻妾鑷髮」，故事梗概為：

> 一人頭髮半白，叫妻妾輪流替他鑷髮。老妻要他相貌老些，祇拔黑髮；少妾要他看起來年輕些，祇拔白髮，結果他頭上的頭髮都被鑷光了。〔註301〕

此故事亦見於宋・陳正敏所撰的《遯齋閑覽・諧謔》中，內容如下：

> 有一郎官年老置婢妾數人，鬢白，令妻妾鑷之。妻忌其少，為羣婢所悅，乃去其黑者；妾欲其少，乃去白者；未幾，頤領遂空。又進士李居仁盡摘白髮，其友驚曰：「昔日皤然一翁，今則公然一婆矣。〔註302〕

到了清・遊戲主人所輯《笑林廣記》卷四〈拔鬚去黑〉敘述上有了一些變異，如下：

> 一翁鬚白，令姬妾拔之。妾見白者甚多，拔之將不勝其拔，乃將黑者盡去。拔訖，翁引鏡自照，遂大駭，因咎其妾。妾曰：「難道少的倒不拔，倒去拔多的。」〔註303〕

此故事亦流傳於韓國、敘利亞、希臘等地。

茲舉，敘利亞的〈一個男人娶了兩個妻子〉傳說如下：

一個男人娶了兩個妻子，一個很年輕，另一個卻很老，但她們都很愛他。當這個男人和年輕妻子在一起時，只要他一睡著，她就會把他頭上白髮拔掉，使他顯得年輕一些。而當他和年老妻子在一起時，她就會趁機拔掉他

〔註300〕（梁）釋寶唱：《經律異相》，頁231。

〔註301〕金榮華：《民間故事類型索引》（增訂本），頁886。

〔註302〕（宋）陳正敏：《遯齋閑覽》，見《中國笑話書七十一種》（臺北：世界書局，1961年），頁63。

〔註303〕（清）游戲主人：《笑林廣記》，臺北：南港山文史工作室，2017年11月。

頭上的黑髮，希望他也能像他一樣白髮蒼蒼。所以沒過多久，這個男人就成了光頭。〔註304〕

此類型故事一般看來是則笑話，而按佛教的說法，頭髮代表著人間無數的煩惱和錯誤習氣，若是鑷去了頭髮就等於去除了不必要的麻煩。

五、似是而非連環判（型號 AT1534）、孩子到底是誰的（型號 AT926）、事出有因，難題可解（型號 ATK460A）

《經律異相》卷四十一〈檀膩䩭身獲諸罪一〉是由「似是而非連環判（型號 AT1534）」、「孩子到底是誰的（型號 AT926）」、「事出有因，難題可解（型號 ATK460A）」這三個類型故事所組合而成的，本文將之合併討論，不予切割，故標題並列，目錄中的標題亦並列之。

〈檀膩䩭身獲諸罪一〉的故事大要如下：

有婆羅門賓頭盧埵闍，其婦醜惡兩眼洞青，生七個女兒沒有兒子，自己貧窮婦又好罵人，女來求須瞋目涕泣，田有熟穀，向他借牛，將往踐之於澤中丟失，佛告訴他因果，為他說法讓他出家，佛說過去世，有婆羅門名叫檀膩䩭，家貧，借牛後還其主人，因忘記而沒有囑付，牛主雖看見，但沒收好牛而不見，牛主帶檀膩䩭去見國王討公道。出門正遇見王家馬跑走，叫喚檀膩䩭為我擋住馬，於是他用石擲之，馬腳即折斷。次行到水邊，不知何處可渡，正遇見一木工，用口咬住斧頭，手拉衣裳涉水而過，當時檀膩䩭問彼人說：「何處可渡河？」他應聲答處，其口已開斧頭墮水，債主所摧加復飢渴，從沽酒家乞討少許白酒，上床飲之，沒注意被下有小兒臥，壓死了小兒，在一牆邊，畏懼自己所犯的罪過，就要跳牆逃走，下有老織工，剛好跳下壓死他，時織工的兒子就捉住他，便與眾人一起找國王判決。國王判定由檀膩䩭應當給被害人的父親或兒子為補償。關於牛走失應截斷檀膩䩭舌，挑牛主眼當作互償等；關於馬折足，牧馬人應割舌，檀膩䩭應折手來互相補償；關於木工失斧，檀膩䩭應割舌，木工應打斷牙齒；關於壓死小兒，檀膩䩭可為其婦丈夫，等生一兒再離去；關於老織公的死亡，檀膩䩭可代為其兒之父，後來告他的人都放棄補償了。接著，國王審理二母人共諍一兒，時王明點以智權計，今唯一兒，二母爭之，讓二人各挽一手，看誰能得者。其非母者，對於小兒無慈愛盡力頓牽，所生母者於兒慈深，

〔註304〕（美）珍妮‧約倫編，潘國慶等譯：《世界著名民間故事大觀》（上海：上海文藝出版，1991年），頁67。

不忍心挽，王鑒真偽，於是兒歸還其生母。有一毒蛇問王：「不知何故從穴出時柔軟變易，還入穴時妨礙苦痛？」王告訴牠，從穴出時，無有眾惱，心情柔和身亦如之，在外鳥獸諸事煩惱，瞋恚隆盛身便粗大。次見女人要問王：「為何在夫家思念父母家，在父母家又思念夫家？」佛言：「保持清淨心，捨邪念，則無此患。」次復樹上見有一雉問王：「在其他樹鳴聲不好，若在此樹，鳴聲哀和，不知其故？」王告彼人：「因彼樹下有一大箱金子，是以於上鳴聲哀好。」王送檀膩羈樹下一大箱金子，供給所需，從此快樂度日。時大王是佛前身，檀膩羈是婆羅門賓頭盧埵闍。〔註305〕

此故事是《經律異相》摘錄自《賢愚經》卷十一內容而來，敘述主角在路上遇見一隻雉鳥、一條毒蛇和一位婦女，請其代問三個問題的情節，穿插於故事中。《經律異相》則將其放置於故事的最後，只是順序的差別，並未影響基本故事內容。其主要以三個類型所組成：1.「似是而非連環判（型號AT1534）」；2.「孩子到底是誰的（型號AT926）」；3.「事出有因，難題可解（型號ATK460A）」。

首先主要由國王或縣官對一個連環案的巧妙判決所形成，「巧斷連環案」（型號AT1534），在金榮華先生的《民間故事類型索引》一書中，命名為「似是而非連環判」，其故事梗概為：

> 一人向鄰居借馬，不慎弄斷了馬尾，鄰居告官要他賠。兩人在前往縣府途中，這人又不慎坐斃了一名婦女的嬰孩；他心中害怕，跳崖或跳水自盡，卻跌落在一個老翁身上，把老翁壓死而自己無恙，因此婦人和老翁的兒子也都要對他提出控告。縣官對各案的判決如下：關於斷了尾巴的馬，此人可保有該馬，待馬長出了尾巴再還馬主。關於坐斃了嬰孩，此人應與該婦生一個孩子作補償。至於跳崖壓死了老翁，此人應當去站在崖下，由死者的兒子像他那樣從崖上跳下去將他壓死；或由他娶老翁之遺孀，使失去父親的兒子仍有父親。結果三名控告者都情願不要賠償而離去。〔註306〕

此故事流傳於中國地區有：遼寧〈昏縣官斷案〉〔註307〕、西藏〈牛主和借牛

〔註305〕《經律異相》，頁215。

〔註306〕金榮華：《民間故事類型索引》（增訂本），頁950～951。

〔註307〕《中國民間故事集成·遼寧卷》（北京：中國ISBN中心出版，1997年9月），頁758～759。

者〉〔註308〕、貴州〈鵝寶子〉〔註309〕、麼佬族〈貪財的判官〉〔註310〕、內蒙古〈一連串的官司〉〔註311〕、新疆〈公正的判決〉〔註312〕。在其他各地則有：土耳其、歐洲、菲律賓、伊朗、阿拉伯、俄國、東非及北非等皆廣泛流傳。〔註313〕

　　在中國民間故事中，AT1534 型號故事可以獨立發展，也可以和 AT1660 號類型「法庭上的窮人」的故事結合，成為一個複合型故事，使故事趣味性增加。「法庭上的窮人」（The Poor Man in Court）故事大意為：「一個窮漢被人扭上衙門受審，他在一個袋子裡裝了些石塊，準備在縣官判他有罪時砸縣官，但他對著法官舉起袋子的動作，讓縣官以為那個袋子裡裝的是用來賄賂他的銀子，所以就放了他。」〔註314〕

　　如，麼佬族〈貪財的判官〉描述有三個人捉住張三告狀，說他把借去的馬弄傷了，喝酒倒在床上睡覺壓死孩子，從河岸上跳下將一老人踩死。因張三在判官審案時高舉褡褳示意，判官誤以為有油水可撈，便作出了偏袒張三的荒謬判決，如叫當事人把老婆借給張三，生兒子後還他還子等。判官打開褡褳一看，不過是磚頭一塊，氣到一句話都說不出來。〔註315〕其故事情節顯然於佛經脫胎而來，只是巧妙加入農民用偽裝的錢袋來迷惑貪財的昏官，使其作出荒謬的判決情節，不但增加故事的詼諧趣味性，也表達人民痛恨貪官汙吏的一面。

　　金榮華先生曾對內蒙古的〈一連串的官司〉、新疆〈公正的判決〉二篇故事作比較，認為前者故事內容將判案合理化，讀起來像政府教育人民的文宣，後者像政府宣示其社會福利政策，失去民間故事的趣味性。〔註316〕

〔註308〕《中國民間故事集成‧西藏卷》，頁 1000。

〔註309〕《中國民間故事集成‧貴州卷》，頁 862～864。

〔註310〕《中華民族故事大系》，〈貪財的判官〉，頁 587～589。

〔註311〕李翼、王堯整理：《蒙藏民間故事》（香港：今代圖書公司，1958 年），頁 20 ～22。

〔註312〕艾薇翻譯整理：《新疆民間文學》第一集（1980 年 12 月）。祁連休、蕭莉主編：《中國傳說故事大辭典》（北京：中國文聯出版公司，1992 年），頁 662。

〔註313〕Thompson Stith, "*The Types of the Folktale*" (Helsinki, Academia Scientiarum Fennica, 1973), p.476.

〔註314〕Thompson Stith, "*The Types of the Folktale*" (Helsinki, Academia Scientiarum Fennica, 1973), p.476.

〔註315〕包燈亮講述，范運華、謝聖鵬搜集整理，見包玉堂主編：《麼佬族民間故事》（南寧：漓江出版社，1982 年），頁 370～372。

〔註316〕金榮華：〈從印度佛經到中國民間——《賢愚經‧檀膩羇品》故事試探〉北京：國際民間故事研究會北京學術研討會論文，1996 年 4 月，頁 115～135。

　　其次，「兩母爭子」的故事型號 AT926，丁乃通命名為「所羅門式的判決」，在金榮華先生《民間故事類型索引》一書中，命名為「孩子到底是誰的（灰闌記）（所羅門式的判決）」，故事梗概為：

　　　　兩婦爭奪一個男嬰，縣官在地上用石灰畫一界欄，置嬰其中，命兩
　　　　婦左右各持男嬰一臂外拉，勝者得嬰。嬰兒被左右拉扯而痛叫，生
　　　　母不忍而放手。縣官因此判定輸者得嬰。或是判官建議將嬰兒一劈
　　　　為二，各得其半。生母放棄，真情即顯，於是嬰兒判歸生母。〔註317〕

故事亦流傳於中國地區的有：陝西〈孩子到底是誰的〉〔註318〕，西藏〈金城公主〉〔註319〕、〈善斷是非的縣官〉〔註320〕、〈機智的法官〉〔註321〕、〈明察秋毫的法官〉〔註322〕，湖北〈巧斷小兒案〉〔註323〕，貴州〈潘公智斷無頭案〉〔註324〕、傣族〈搶娃娃〉〔註325〕等。其他地區有柬埔寨及葡萄牙。

　　此故事在早中國漢代《風俗通義》中，就記載同一類型的兩則故事，一為《潁川富室》，敘述丞相黃霸智斷兩母爭子的案件，二為《薛宣》，講太守薛宣巧判兩人爭奪一匹絹綢的案件。他們使用同一方法，不願用力拉扯唯恐傷害小兒的人就是生母，對截斷絹綢表示怨恨的人，就是真正的主人。由此可知，漢代的故事與佛經故事皆可能對後代民間故事有深遠影響，並不一定是只源自於佛經。〔註326〕

　　最後，「代人問事獲好報」型號 AT461A，金榮華先生命名為「事出有因，難題可解」型號 460A，故事梗概為：

　　　　一個老實人因事去見神明或智者，一路上有人託他代問種種困擾他
　　　　們的問題。這人問知了所有問題的解決方法，在歸途上一一告知了
　　　　他的委託人，然後回家解決了自己的難題。〔註327〕

〔註317〕金榮華主編：《民間故事類型索引》（增訂本），頁 667。
〔註318〕《中國民間故事集成》陝西卷，頁 637。
〔註319〕《中國民間故事集成》西藏卷，頁 42～45。
〔註320〕《中國民間故事集成》西藏卷，頁 613～614。
〔註321〕《中國民間故事集成》西藏卷，頁 879～880。
〔註322〕《中國民間故事集成》西藏卷，頁 883～883。
〔註323〕《中國民間故事集成》湖北卷，頁 577～578。
〔註324〕《中國民間故事全集》第 12 冊，貴州（一），頁 340～347。
〔註325〕《中華民族故事大系》，第 6 冊，頁 875。
〔註326〕劉守華：〈《賢愚經》與中國民間故事〉，《民族文學研究》，2007 年 4 月，頁
　　　　134～138。
〔註327〕金榮華：《民間故事類型索引》（增訂本），頁 347。

故事可見於甘肅〈伊斯麻問太陽〉〔註 328〕、回族〈太陽的回答〉〔註 329〕。

在佛經故事中，主角幫他人問事，托問者分別為一隻雉鳥、一條蛇和一位婦人，所問就是困擾他們生存的三個難題，主角帶回的答案中，包含從地下挖出財寶相關內容，正好成為當事人酬謝的贈物，提供主角命運改變的契機。在中國民間所流傳的故事中，托問的三個難題通常為：1.老夫婦問，為什麼他們的女兒到了十八歲還不會說話？2.河裡的龜鱉魚蛇問，為什麼已經修煉了三千年還不能成龍昇天？3.果樹問，為什麼它只開花而不結果，或為何結的果總是苦澀的？然後，有兩種說法：1.年輕人向神仙問此三問題，接著要再問自己為什麼勤勞卻還是貧窮時，神仙不再回答，或神仙消失不見。〔註 330〕2.神仙規定年輕人只能問三個問題，或問自己的問題就不能問別人的問題，問別人的問題，就不能問自己的，於是年輕人掙扎後，放棄問自己的問題，問了別人的問題。當他回去後就得到所託的人或動物的酬謝成為富人。此類型故事，湯普遜起初將其編為 AT461B，後來又改為 AT461A；丁乃通先生的《民間故事類型索引》將其命名為「西天問活佛，問三不問四」。第一種說法是「西天問活佛」，第二種說法才是「西天問活佛，問三不問四」。〔註 331〕

以上三個獨立類型的故事，都是來自於印度的民間故事，佛經故事中以檀膩羈為主線將故事串連起來，成為一連串似是而非的判案，其顯示國王的機智與才能，內容雖然是充滿著荒謬的趣味，但「二母爭子」也是本著人性的不同而斷出了真相，最後主角因幫助他人尋求到人生重要的解答，也獲得豐厚的報酬，有著利人便是利己的寓意，這些不外呈現著人對於現實生活之觀察，亦是人情事理必然情勢之發展。

六、敬衣敬財非敬人（型號 AT1558）

《經律異相》卷二十〈三藏比丘著弊服常飢好衣得食八〉中敘述：

〔註 328〕《中國民間故事集成》甘肅卷（北京：中國文聯出版社公司，1992 年），頁 576～578。

〔註 329〕《中華民族故事大系》，第 1 冊，頁 756～760。

〔註 330〕劉景全講述、張樹信採錄〈找幸福〉及其後所附異文二則，在《中國民間故事集成》吉林卷（北京：中國文聯出版社公司，1992 年），頁 550～555。

〔註 331〕金榮華：〈從印度佛經到中國民間——《賢愚經·檀膩羈品》故事試探〉北京：國際民間敘事研究會北京學術研討會論文，1996 年 4 月，頁 134～135。

> 罽賓三藏比丘，阿蘭若法，至一王寺，設大會，守門人見其衣服麁
> 弊，遮門不前，如是數數。以衣服弊故，每不得前，便作方便，假
> 借好衣而來。門家不禁，既至會坐，得種種好食。先以與衣，眾人
> 問言：「何以爾也？」答言：「我比丘數來每不得入，今以衣故得在
> 此坐，得種種好食，故先與衣。」（出《大智論》第四卷）。〔註332〕
> 《大莊嚴論經》第89則。

在金榮華先生的《民間故事類型索引》一書中，故事梗概為：

> 一個人因衣衫敝舊，在宴會開始前被眾人輕視，於是他回去換了一
> 身華麗的衣服再來，這次便備受尊敬，這時他對主人說：請我這身
> 衣服吃飯吧，大家歡迎的是它，不是我。或是一人在有錢時，親友
> 趨附，後來他窮了，便無人理睬，於是他發奮振作，出外經商，發
> 了大財回來。親友聞訊，紛紛前來迎接，他對來迎接他的人說：你
> 們要迎接的不是我，而是那些我帶回的金銀財寶吧！〔註333〕

此類型故事見於中國的上海、新疆、寧夏等，臺灣則是桃竹苗地區。外國方
面見於阿拉伯、敘利亞、土耳其、阿富汗、烏茲別克、義大利等。

阿凡提笑話有一則〈請衣裳吃〉〔註334〕內容如下：

> 有一次，阿凡提穿著一身破舊的衣裳，去參加朋友的宴會。朋友怕
> 人家笑他和窮人來往，面子上難看，便把阿凡提趕了出去。阿凡提
> 回家換了一套嶄新的衣裳，馬上又趕到朋友家去。朋友見他這回穿
> 得整齊漂亮，立刻另眼看待，恭敬地請阿凡提坐了上席，十分客氣
> 地指著餐巾上的各種食物，說：「請吧，我的好朋友，隨便嘗點吧！」
> 阿凡提連忙提起衣服，把袖口對著食物，也嚷道：「請吧！我的好衣
> 裳，隨便嘗點吧！」主人見了很詫異，問道：「阿凡提，你這是幹
> 什麼呀？我的朋友」阿凡提說：「我不是在請您最尊敬的好衣裳吃
> 東西嗎？」

此故事為笑話一則，比喻社會上勢利虛榮的人，有時不以人格品德論高低，而
以衣服新舊做標準，食物給衣服吃，予社會中扭曲的價值觀，一針見血的諷刺。

〔註332〕（梁）釋寶唱：《經律異相》，頁111。
〔註333〕金榮華：《民間故事類型索引》（增訂本），頁973。
〔註334〕陳慶浩、王秋桂主編：《中國民間故事全集・新疆（一）》（臺北：遠流出版
　　　　社，1989年6月），頁269。

七、漫天撒謊比誰最老（型號 ATT1920J）

《經律異相》卷四十七〈象獼猴鶏相敬四〉的故事大要如下：

過去世時，有三個好朋友。象、獼猴、鶏鳥一起在一棵樹下，一起互相聊天，獼猴鶏鳥一起問象說：「你能記得多久以前的事？」象說：「我記得小時，走到此樹，齊盡我腹。」象與鶏問獼猴，獼猴答言：「我憶小時，此樹舉手及頭。」象告訴獼猴：「你比我年長。」象與獼猴一起問鶏，鶏言：「我記得雪山右面有大尼拘律樹，我吃果子來此大便，轉即生此樹。」牠們一起說，鶏較年長。象以獼猴置其頭上，獼猴以鶏置其肩上，一起遊人間。從此村到那村，從此邑到那邑，常說偈言。當時鶏說如是法，人皆隨從法訓流布，汝等於我法中出家，應更相恭敬，如是佛法流布，當時諸比丘聽聞佛的教誨，依長幼相次，互相恭敬禮拜。《經律異相》是摘錄自《四分律》四分第三卷、《十誦律》七法第六卷而來。也見於《佛本生經》、《五分律》、《僧祇律》。〔註335〕

此類型故事亦見於《韓非子·外儲說左上》中描述，鄭國有兩個人互相爭辯自己的年歲大。一個人說：「我同唐堯同一年生！」另一個人說：「我和黃帝的哥哥同一年生！」兩個人就這樣地爭吵不休，誰最後住口就算是誰勝利。〔註336〕「鄭人爭年」後來發展成一句成語，比喻爭論的事情既無根據，又無意義。又如，宋·蘇軾《東坡志林》卷二〈三老語〉〔註337〕中描述到，曾經有三個老人碰到一起，有人問他們多大年紀了？其中一個老人說：「我也不記得我有多少歲了，只記得小時候認識一個叫盤古的人。」另外一個老人說：「每當滄海變成桑田的時候，我就拿一個竹籌記錄一次，現在已經積滿十間屋子了。」第三個老人說：「我曾經吃了一個蟠桃，把桃核丟在了昆侖山下，現在這枚桃核長出的樹已經和昆侖山一樣高了。」在我看來，如此長的壽命與朝生夕死的蜉蝣、朝菌有什麼區別呢？兩個故事都是人以誇張又無根據的事物作比喻，比賽誰的年紀最大。

1920型故事丁乃通先生命名為「誰最老」，在金榮華先生《民間故事類型索引》一書中，命名為「漫天撒謊，比誰最老」，故事梗概為：「參加比賽

〔註335〕《經律異相》，頁245。

〔註336〕（周）韓非：《韓非子·外儲說左上》見《四部備要·子部》（臺北：中華書局，1966年3月），頁5。

〔註337〕（宋）蘇軾著，王松齡點校：《東坡志林》見《唐宋史料筆記叢刊》（北京：中華書局出版，1981年9月），頁47～48。

的主角或是動物或是人，大家都舉例證明自己的年齡最大。」〔註338〕此類型故事流傳於中國地區有：四川、浙江、北京、吉林、河南、山西、湖南、湖北、河北、貴州、遼寧、蒙古、青海等。少數民族有：蒙古族的〈狐狸、刺蝟和青蛙〉〔註339〕、柯爾克孜族〈阿里達爾降魔的故事〉〔註340〕、土族〈狐狸和狼〉〔註341〕、乞佬族〈盤古王漂白〉〔註342〕。外國地區有日本與迦納。〔註343〕

其故事寓意為：辯者們往往提出毫無意義、無法證明的命題，爭論起來，孜孜不倦，永遠得不到結果。他們嘴裡說著，津津有味，實由於腹內空空，樂趣就全然在他們的嘴皮子上了。

小結

魯迅先生曾云：「嘗聞天竺寓言之富，如大林深泉，他國文藝，往往蒙其影響。即翻為華言之佛經中，亦隨在可見。」〔註344〕佛經故事透過漢譯進入中國，並於當地產生影響，有些故事情節結構較完整的，逐漸脫離佛經宣講，融入中國各族的民間故事當中，也有些則流傳到世界各國，有趣的情節單元往往是文化傳播、交流、演化的重要元素，如同本章所列舉的類型故事，皆具有巧妙有趣的情節安排，結合人情世故的智慧，及發人深省的寓意等文化特性。其不僅是文學方面的影響，還包含：哲學、邏輯、語言學、藝術、天文學、醫學等各方面的傳播與交流，豐富了中國與世界各國的文化內涵。

以觀察佛經中的類型故事來源而言，正如季羨林先生所云：「我們雖然不能說世界上所有的寓言和童話都產生在印度，倘若說它們大部分的老家是在印度，是一點也不勉強的。」〔註345〕事實也確是如此。故事在流變中，不斷

〔註338〕金榮華主編：《民間故事類型索引》（增訂本），頁1085。
〔註339〕《中華民族故事大系》，第1冊，頁704～705。
〔註340〕《中華民族故事大系》，第10冊，頁585～588。
〔註341〕《中華民族故事大系》，第10冊，頁892～893。
〔註342〕《中華民族故事大系》，第13冊，頁399～402。
〔註343〕金榮華主編：《民間故事類型索引》（增訂本），頁1085。
〔註344〕周樹人撰：〈癡華鬘題記〉見《魯迅全集》第七冊（北京：人民文學出版社，2005年11月），頁103。
〔註345〕季羨林撰：《比較文學與民間文學》（北京：北京大學出版社，1991年），頁46。

地呈現出東、西方文化的異同，相同的是故事基本架構的構思，相異的是抽換題材與配件，而情節單元的重新組合，可形成變化萬千的創造風格，因此，同一個類型故事的比較研究，可觀察出其淵源與流變，並顯示文化融合的過程與結果，此為研究的意義與目的所在。

第六章 《經律異相》故事之價值與影響

　　《經律異相》即南朝僧人釋寶唱，蒐羅經、律、論三藏中，闡釋佛教教義的異相故事，主角包括印度古代社會各階層的人物，內容更蘊含著當時文學、政治、經濟、醫學、社會、宗教等各方面的價值。故事在流傳的過程中，對中國及世界各地的文化產生深刻的影響，因此，本章重點將分節論述《經律異相》的價值與影響。

第一節　文學與文獻學的價值及影響

　　《經律異相》的故事包含：以佛教義理所編集的神話、寓言；以真實人物為依托，敷衍而成的傳說；自古以來在印度各地流傳，與日常生活息息相關的民間故事。由於故事種類的繁多，對後世文學方面的影響亦是深刻，於此以文學與文獻學二方面說明。

一、文學的價值與影響

　　佛教東傳之際，印度故事隨著大量的漢譯佛典傳入中國，促成了中印文化上的交流與影響。如季羨林先生所云：

　　　　隨著佛經的傳入，印度的寓言、童話、小故事也傳入了中國。估計
　　　　除了佛經之外，還有別的途徑，比如商人來往等等。但是主要還是

佛典翻譯這一個途徑。〔註1〕

可知，佛教類書《經律異相》亦是印度的寓言、傳說、神話、民間故事的集成。其所載的佛教故事，大多構想奇特，哲理深刻，譬喻生動，具有濃厚的文學色彩，傳入中國後，有的融合中國文化，演化為家喻戶曉的民間故事，有的則成為戲劇的題材，或推動了傳奇、小說的發展，並充實與拓展了中國文學的領域，成為中國古典文學的瑰寶。

例如，著名的本生故事有：割肉救鴿（卷十〈釋迦為薩婆達王身割肉貿鷹〉）、九色鹿救溺人（卷十一〈為九色鹿身以救溺人〉）、猴子撈月（卷二十一〈提婆達多昔為獼猴取井中月〉）、捨身飼虎（卷三十一〈陀尸利國王太子投身餓虎遺骨起塔〉）……等，其中特殊情節單元，皆影響到後世民間文學之發展。

亦有許多使用神怪情節的故事，對中國六朝、隋唐時期的志怪小說的形成和發展，起了很大的啟發與影響。舉例來說，六朝的志怪小說作品有：荀氏《靈鬼志》、祖台之《志怪》、《神怪錄》、劉之遴《神錄》、《幽明錄》、謝氏《鬼神列傳》、殖氏《志怪記》、曹毗《志怪》、《祥異記》、《宣驗記》、《冥祥記》等，〔註2〕其內容都是描述鬼神的事情，含有濃厚的因果報應思想，哲理深刻。

在戲劇方面，知名的有：卷四十一的〈檀膩羈身獲諸罪一〉（原出《賢愚經》卷十一），其中的故事大要提到：

二母共諍一兒，國王以智慧判案，使二母各挽小兒一手，看誰能拉走就能判斷是誰的。生母怕小兒受傷，不忍心強拉，於是鬆手，國王因人母慈愛之本性，而判出小兒親生母親是誰。〔註3〕

這段故事流傳到元代後，其基本情節演變為李行道的《包待制智勘灰欄記》雜劇；直至近現代，在歐洲也有沃爾亨、克拉崩、布萊希特改編的《高加索灰欄記》等三種戲劇，可見流傳之深遠。

又如：卷四十三的〈商人驅牛以贖龍女得金奉親〉（原出《僧祇律》卷三十二），情節內容和龍女牧羊、柳毅傳書的故事相似，後者當是受到前者的啟

〔註1〕季羨林：《比較文學與民間文學》（北京：北京大學出版社，1991 年），頁 175。
〔註2〕季羨林著、王樹英選編：《季羨林論中印文化交流》（北京：新世界出版社，2006 年 1 月），頁 280。
〔註3〕（梁）釋寶唱：《經律異相》見《大正新脩大藏經》（臺北：新文豐出版公司，1983 年元月），冊 53，頁 215c。

發，兩者有著淵源關係。

在傳奇方面，如卷三十七〈優婆塞被魔試四〉中故事大要敘述：有一優婆塞，與眾估客遠出治生，遇天寒雪，夜行失伴住一石室。山神變為女像，來考驗其清淨心與否。〔註4〕其考驗修行者的情節在佛經故事傳入中國後，亦見於唐‧裴鉶所撰的《傳奇‧韋自東》中，描述修道人接受各種幻化情境的考驗，可謂構想奇特。〔註5〕

在話本方面，例如卷十九〈難提比丘為欲所染說其宿行并鹿斑童子六〉故事大要敘述：一位於山中修行之修道者，因小便流出，被牝鹿所飲並舐其產門而胎產一小兒。〔註6〕其流傳至中國後，演變成動物精與人交合的情節，可見於明代《清平山堂話本》的〈陳巡檢梅嶺失妻記〉當中。〔註7〕

在變文方面，例如卷四十七〈象獼猴鶏相敬四〉〔註8〕故事大要敘述：象獼猴雞四種動物，皆以誇張地舉例，證明自己的年齡最大。與此篇題材相關之變文，目前所見僅有一卷，藏於法國巴黎國家圖書館，編號為伯二一七八。〔註9〕

以上例子可見佛經故事對中國文學創作之深刻影響。

二、文獻學的價值與影響

《經律異相》具有保存文獻的價值，〔註10〕在此以當前的研究成果，及

〔註4〕（梁）釋寶唱：《經律異相》，頁200。

〔註5〕（唐）裴鉶：《傳奇‧韋自東傳》，見《百部叢書集成初編》（臺北：藝文出版，1966年），頁1～4。

〔註6〕（梁）釋寶唱：《經律異相》，頁103。

〔註7〕（明）洪梗編、王一工標校：《清平山堂話本》（新北市：建宏出版社，1995年3月），頁124～126。

〔註8〕（梁）釋寶唱：《經律異相》，頁245。

〔註9〕張瑞芬：〈敦煌寫本〈四獸因緣〉〈茶酒論〉與佛經故事的關係〉，《興大中文學報》第6期，1993年1月，頁225～235。

〔註10〕黃沛榮：《圖書館學與資訊科學大辭典》，引用網址：http://terms.naer.edu.tw/detail/1683550/。廣義的文獻學，應包括文物學與圖書文獻學，而近代學者習慣將對於載有圖、文的文物研究區分為古文字學、甲骨學、金石學、古器物學等科目，並將文獻學用作圖書文獻學的簡稱。因此文獻學一辭，實有廣、狹兩義。狹義的文獻學，是指一切與圖書文獻有關的學問，諸如：（1）文獻的查尋，即工具書指引及目錄學；（2）文獻的版本，即版本學；（3）文獻的考辨，即考證、辨偽學；（4）文獻的整理，即校勘、輯佚學，以及蒐求、編纂、提要、點校、注釋乃至古籍自動化等工作；（5）文獻的度藏，如裱褙、裝潢、典藏環境等學問；（6）文獻的流傳，如出版、影印、複製、縮影等方面。

未來將可開拓領域作為討論方向。

（一）校勘與輯佚的價值

　　《經律異相》所引用的佛教典籍，有許多是後世已絕傳的珍本或孤本，雖然摘錄的只是片段，其內容與特色仍具有他書無法替代的校勘與輯佚之史料價值。《經律異相》保存的佚經大約在三十種左右，以下舉例說明：

例1：

　　屬於「大乘經單譯闕本」的，有《善信經》又名《善信摩足經》，卷三、卷三十八徵引，疑即姚秦鳩摩羅什譯《善信摩訶神咒經》。

例2：

　　屬於「小乘經單譯闕本」的，有《三乘名數經》（卷一徵引，疑即東晉道安所輯《涼土異經》中的《三乘經》）、《眾生未然三界經》（卷三徵引，西晉法矩譯）、《貧女為國王夫人經》（卷二十三徵引，西晉竺法護譯）、《藍達王經》（卷二十七徵引，吳支謙譯）、《請般特比丘經》（卷二十八徵引，劉宋求那跋陀羅譯）、《阿質國王經》（卷二十九徵引，吳支謙譯）、《問地獄經》（卷四十九徵引，疑即後漢康巨譯《問地獄事經》）。

例3：

　　屬於「疑偽經」的，有《淨度三昧經》（卷四十九徵引）、《現佛胸萬字經》（卷五徵引，又名《胸有（現）萬字經》）。

例4：

　　未見載於佛經目錄的有：《折伏羅漢經》（卷二徵引）、《跋陀羅比丘尼經》（卷二十三徵引）、《功德莊嚴王請佛供養出家得道經》（卷二十七徵引）、《摩那祇全身入地獄經》（卷四十五徵引）、《野干兩舌經》等。〔註11〕

　　以上為大乘經典、小乘經典、疑偽經及未見載於佛經目錄的幾個例子，可見《經律異相》保存的佚經之資料多元，具有文獻學方面的重要價值。

（二）語言學的價值

　　佛教傳入中國後，風行到鼎盛的時間大致上是從東漢至魏晉南北朝之間的中古時期。隨著漢譯佛典的大量產生，漢語中出現許多傳統文學作品中，難以見到的口語詞及梵語音譯詞。這些佛經詞彙，正是當時漢語詞彙的重要成分之一，因此漢譯佛典在漢語詞彙史的研究方面，有著中土文獻無法取代

〔註11〕陳士強：〈經律異相大意〉，《五臺山研究》第 4 期，1988 年，頁 13。

的重要特殊價值。

　　成書於南朝梁代最早的佛教類書《經律異相》是一部較全面反應語言自東漢至梁代變化的實況，因其收錄的佛經故事性強，語言也較為通俗，是中古漢語研究的重要材料之一。運用各種文獻材料對《經律異相》進行校理，彙集其異文類材料，考察分析異文材料的性質，對其異文材料進行深入研究，是中古漢語資料建檔和語言研究的重要課題之一。

　　《經律異相》文本與所出原經的文句、字詞存在一定程度的差異。從字詞來看，也呈現所出原經、譯經時代，和《經律異相》輯錄時代的時空差異，特別是一些音譯詞和梵、漢的合璧詞。所以《經律異相》文本材料，既不同於所出原經時代材料，也不能單純視為梁寶唱輯錄時代材料。

　　《經律異相》標注所出經目與傳世藏經存在有差異，其經目有疑偽經存在，因此材料性質就要作重新考量。最後，整理出較為接近《經律異相》原貌的文本，除考校版本異文和所出經的異文外，還要考校後世佛教類書相校異文和其他引經文異文，甚至還要考校佛經音義中，關於《經律異相》的語詞音義文字。

　　以目前有學者探討《經律異相》異文材料的價值時，所提出觀點如下：

　　1.《經律異相》的異文材料在文字方面，可以為我們提供大量的異體字，通過比勘，可以幫助我們正確釋讀俗體字，甚至是一些形訛字，其異文的不同，也部分反映字的假借和詞彙的代替，甚至是通俗語言的差異。

　　例如，將《經律異相》與《法苑珠林》對勘，情況如下表：

序　號	《經律異相》原文	《法苑珠林》校文
1	東南隅	東南（嵎）
2	而宛轉低仰	而（婉）轉低仰
3	見而往視	見而往（觀）
4	劣得存命	劣得（濟）命
5	兄從釋迦出家，得阿羅漢道	兄從釋迦出家，得阿羅漢（果）

資料來源：陳洪：〈《經律異相》所錄譬喻類佚經考論〉，《淮陽師範學院學報》第 25 卷，2003 年 3 月，頁 389。

透過分析《經律異相》的異文關係，可破解佛典和其他文獻中的部分疑難疑義詞，提供相關訊息和理解上的協助，其異文材料可以豐富漢語語彙。而俗

字研究的材料，可補充修訂大型語文工具書。〔註12〕

2. 利用異文材料可以校理出一個較好的《經律異相》善本，同時可以利用其他與原經出處的異文來校勘整理原經，也可以利用與其他佛教類書異文，來校勘其他佛教類書。如下表：

序號	《經律異相》原文	《法苑珠林》校文	《雜譬喻經》校文	《眾經撰》校文
1	劣得存命。	劣得（濟）命。	（殆）得存命。	（殆）得存命。
2	兄弟二人。	（有）兄弟二人。	（有）兄弟二人。	（有）兄弟二人。
3	兄持戒坐禪。	兄持戒坐禪。	兄(好)持戒坐禪。	兄(好)持戒坐禪。
4	便往詣象。	便往詣象。	便往詣象（前）。	便往詣象（前）。
5	即放沙門，令還所止。	即放沙門。	即放（此）沙門，令還所止	即放（此）沙門，令還所止。（是以修福之家，戒施兼行莫偏執，而功德不備也）。

資料來源：陳洪：〈《經律異相》所錄譬喻類佚經考論〉，《淮陽師範學院學報》第 25 卷，2003 年 3 月，頁 389。

《經律異相》在語言研究上具有的重要價值，可作為中古漢語研究不可多得的材料，在文字（俗字）、詞彙（新詞新義、外來詞）、語法（構詞法）等方面的研究，以及對漢語語文辭書的編寫功用，皆為未來待開拓之領域。

第二節　政治與經濟的價值及影響

一、政治的價值與影響

佛教約在西元前六世紀於印度發展，地點在印度河流域和恒河流域地區，當時存在佛教經典中有所謂的「十六大國」。〔註13〕大致而言，這些國家基本

〔註12〕董志翹、趙家棟：〈《經律異相》（22～28 卷）校讀札記〉，《漢語史學報》第 13 輯，2013 年，頁 319～324。

〔註13〕吳于廑、齊世榮，《世界史·古代史·卷上》（北京：高等教育出版社，2008 年），頁 196～206。「十六大國」內部，只有拔祇（在今印度北部比哈爾邦邦）和末羅（在今印度戈拉克普爾縣）兩國是共和國，此外還有一些比較小的共和國，這些國家有的實施「王政制度」即擁有國王，但是國王的權力受到長老會議的限制；也有的國家是寡頭政體。雖然恒河流域以及印度河流域有著君主制度和共和制並存的局面，但長遠來看，最後君主制取代了共和制度。

上是君主國，各國之間為兼併土地和爭奪霸權經常發生戰爭，在諸君主國內，國王享有廣泛的權利及特權。例如：徵收賦稅、管理山川林澤、徵用無主土地以及徵發勞役等軍政大權。也因當時印度政治大環境仍屬於各國互相征戰的狀態，國王對外必須承受外交、征戰的壓力，對內則面臨著稅收、治理眾人等諸多問題，因在時空上正逢佛教所主張的義理，可輔助統治者解決政治上的現實問題，能平衡戰爭所帶來的損害，所以佛教對當時政治產生許多的影響。以下分別說明之。

（一）仁政教化

佛陀成道後，遊行於諸國之間，為各國之國王、大臣開示佛法，勸行仁政。並強調國王若以佛教的十善法，施行於人民，就能獲得全民的擁護、鄰國的尊敬，以及敵國的畏懼，平衡了當時以戰止爭之道。

例1：卷二十四〈摩調金輪王捨國學道七〉中，故事大要敘述：摩調金輪王常行慈心，視民如赤子，又有千子，鞭杖不行，民無辭訟，王欲行四方隨意即至，數千萬人隨後而飛，不持刀兵。國王衰老後退位出家學道，摩調王千八十四世後，復出為人，還續王位，名㖃，復持正法。天帝釋遣一車駕，千匹馬來迎王，帶他參觀忉利天宮，但他不執著天上樂。時㖃王者是佛前身。〔註14〕

以上例子說明，國王因愛民如子，施行仁政，不施行刑罰，所以人民安樂，國家和平，也無敵國之侵犯，國王之德政引來天帝之賞識，帶他上天參觀天宮，但國王並不執著天上之樂。

例2：卷十一〈為肉山以施眾生三〉中，故事大要敘述：過去世時，難沮壞為閻浮提王，為了勸化六子，變六個王國與六子，但仍爭戰不休，導致閻浮提內五穀欠收、人民飢餓、動植物皆死，於是難沮壞化作肉山，施於眾生，使得眾生滿足。〔註15〕

故事敘述國王因無法勸化自己的六個小孩，導致他們互相爭戰不休，還連累眾人民，萬物皆衰敗，於是國王犧牲己身，化成肉山布施給萬民，來解決一切問題，此處強調國王的仁慈與布施的決心。

以上是佛教治理眾人之理念，主張以德治國，藉由當權者施仁政來展現，

〔註14〕（梁）釋寶唱：《經律異相》，頁132。
〔註15〕（梁）釋寶唱：《經律異相》，頁57。

不但無須以力服人、事倍功半，眾生的自律性與品質也隨之提升，解決不少政治上現實困境。

（二）淨化人心

佛教教義主張以慈悲為懷、利益眾生來淨化人心，如此實踐於政治上，當權者以奉獻為理念，而非佔領掠奪，自然能形成一個好的循環關係，上位者與人民皆能安心自在、平安喜樂。

例如：〈婆羅門王捨於國俸布施得道八〉的故事大要敘述：

多昧國有婆羅門王，捨其王俸多事異道，國王有一日自發善心欲大布施，積寶如山，有來乞者，令其自取，手重一撮，如是數日其積不減。佛陀知是王宿世福報，該是時候前去度化，變身作梵志，前往到其國。梵志乞珍寶持作舍宅、田地、奴婢、牛馬。最後，梵志受而捨去。王覺得甚怪之，梵志答曰：「本來乞匄欲用生活，諦念人命處世無幾，萬物無常旦夕難保，因緣遂重，憂苦日深，積寶如山無益於己，不如息意，求無為道，是以不取」。國王意開心解，於是梵志，現佛光相踊住空中，為說偈言，王及群臣即受五戒，得須陀洹道。〔註16〕

以上內容描述國王慈悲，以己之大富貴行大布施，同時佛化現成修行人去度化國王，告訴國王除了心善行善，也要了解萬物無常的本質，無須執著，才能真正得到解脫，達到淨化其心之作用，也是離苦之根本。

又如，卷二十五〈尸毘王割肉代鴿四〉故事大要敘述：

天神釋提桓因告訴巧變化師毘首羯摩變身作一鷹，去試探優尸那種尸毘王的慈悲心，鷹欲食鴿，國王為了保護鴿免受害，願意布施自身血肉代替鴿給鷹吃並且不後悔，最後身體平復如本。〔註17〕

上述的國王之慈悲亦展現於愛護動物，不只救鴿免受鷹害，亦能滿足鷹之需求，是智慧的表現，奉獻自我，成就佛性平等之眾生。

佛教傳入中國後，只要當權者不反對佛教的存在，就會受到全體佛教徒的支持。因為佛教徒沒有政治權利的欲望，只要能夠得到弘法工作的便利，就能夠心滿意足。中國歷代對佛教的迎拒態度不同，但是佛教仍能隨順中國文化作調整與融合，產生深刻的影響。

〔註16〕（梁）釋寶唱：《經律異相》，頁148。
〔註17〕（梁）釋寶唱：《經律異相》，頁137。

二、經濟的價值與影響

最初在原始的印度佛教時期，修行人遵循嚴格戒律，不務生產，專心求道，與經濟社會全然脫離關係，在衣食住行上放棄物慾之累，過著簡單的原始生活，行為上也是離群索居，當時無積極性的經濟活動，佛教傳入中國後，卻因生活環境與文化上的不同而產生了改變，主要有四個原因：

（一）自然環境相異：印度的中南部一帶氣候溫暖，土壤肥沃，野生果實甚多，即使比丘乞食不到，也可以採食充飢。

（二）民情風俗相異：在中國除了貧困淪為乞丐外，仍須自行耕種得衣食，並不會輕易乞食。

（三）社會價值觀相異：在中國政府與社會皆重視農業，若僅靠乞食會被視為無用之人。

（四）文化觀念相異：中國傳統文化認為身體髮膚受之父母，不可毀傷，因此，比丘剃度削髮被認為是不敬不孝，難被社會接受。

以上因素阻礙佛教於中國發展，於是信奉者便改革原始佛教的經濟制度，陸續有：唐朝馬祖道一，創立叢林制度，百丈懷海大師創立清規，率眾從事墾植，主張「一日不作，一日不食」，以達自力更生。〔註18〕

佛教認為財富的起源是從布施業因招感而來的，一切福禍皆由種子而起現行，宿世有福業也必須今生努力為善，惜福節用，才能長保。

甲、寬容布施，無私互濟：

佛教經濟觀是將倫理道德與經濟行為結合起來，透過將「我」的概念轉變成「無我」的觀念。相信以只求自身利益為基礎的、投機取巧的方法，在倫理上總是會失敗的，為富若不仁，縱有家財萬貫，必遭困乏之果報。佛教的經濟觀點，認為寬容與布施起主要作用，人類是「互濟」，有正面地回饋感情的傾向，並且回報的比給他們得到的更多。以下舉《經律異相》中的故事說明。

例1：卷三十八〈難陀燃燈聲聞神力共不能滅八〉中，提到貧女施燈的故事，貧女以施燈的至誠心，能抵擋目連的神通力之吹滅，貧女並轉世到天道中。〔註19〕

〔註18〕丘昌泰：〈佛教經濟學〉，《慧炬雜誌社》第 161 期，1977 年 11 月，頁 16～17。

〔註19〕（梁）釋寶唱：《經律異相》，頁 204c。

例 2：卷十〈為王太子身出血施病人十四〉中，敘述到佛一世為王太子，見一人生病需要王的身血治病，於是太子以刀刺身出血，與之並無悔。〔註 20〕

以上都是呈現佛教主張的布施與互濟的精神，強調人與人之間的正面回饋與循環，平衡資源上的流動，才能生生不息。

乙、少欲知足，損少即利多：

一般經濟學是鼓勵物質財富和欲望，因為人們想要財富的積累，來滿足自己的欲望，但個人累積的財富，可能有時是他人的損失。然而，佛教的經濟觀念，是以「減少損失或痛苦」的概念，來簡化人對物質財富的欲望。所以，除了基本的必需品如食物、住所、衣物和醫藥外，其他的物質需求應當最小化，主張少欲知足才能幸福。

例如：《經律異相》卷十一〈為九色鹿身以救溺人十一〉中，故事大要敘述：昔菩薩一世為九色鹿，在水邊飲水時，救了一個溺水的人，鹿告訴溺人，若欲報恩，勿告訴別人，他的所在之地。當時該國王后夢見九色鹿，思要鹿的皮與角，溺人欲取富貴，便出賣了九色鹿，鹿告訴國王溺人忘恩負義之事，國王慚愧並保護九色鹿。〔註 21〕

內容提到溺人因為太貪心，想害救命之九色鹿，恩將仇報，最終只是損害道德，什麼也得不到，是一個損人又損己的故事。

一般經濟學家認為利潤和個人收益最大化，是非常重要的。而佛教經濟主張的基本原則是，使有情眾生的痛苦或損失最小化，是最重要的。因為在心理上，人對損失比獲得更敏感，因此，人會更關心如何減少損失。

第三節　醫療的價值及影響

《雜阿含經》中佛陀對「大醫王」作定義，他說：「有四法成就，名曰『大醫王』者。何等為四？一者善知病，二者善知病源，三者善知病對治，四者善知治病已，當來更不動發。」〔註 22〕是為能正確地診斷疾病、知道發病的原因、知道用何種方法或藥物醫治疾病，而且將疾病治癒後，便不會再復發。以上為佛陀對創傷療癒的步驟與方法，對治癒身心皆為有用。

〔註 20〕（梁）釋寶唱：《經律異相》，頁 55b。

〔註 21〕（梁）釋寶唱：《經律異相》，頁 59b。

〔註 22〕（宋）求那跋陀羅譯：《雜阿含經》見《大正新脩大藏經》（臺北：新文豐出版公司，1983 年元月），冊 2，頁 105a。

　　眾生的身體有四種苦，即為生、老、病、死；心理上有三種病態，即為貪、瞋、癡。生、老、病、死苦來源於眾生的種種煩惱，因煩惱造諸惡業，所以招感生、老、病、死之苦報。以下說明在《經律異相》中，敘述佛陀為眾生治病的例子，及其呈現在醫療上的價值。

一、內科服藥

　　例如，卷三十二〈無畏王孫耆婆學術九〉中曾有關於內科治療的敘述，故事大要提到：

　　王舍城有童女，字婆羅跋提，當時有一位瓶沙王的兒子名叫無畏，與此婬女共宿，之後其女便懷孕，生一男兒，以白衣裹兒棄巷中。國王知道後，派人抱還舍與乳母養之，稱他為耆婆，其長大後學醫，醫術精湛，善於分辨藥草。城中有大長者婦，十二年中常患頭痛，眾醫治療都不能痊癒，耆婆知道後，即往其家，即取稱作「蘇」的藥草和水一起煎煮後，灌長者婦鼻及口中，之後再將藥草和唾液一起吐出，並派人以器皿承接，長者婦將藥草回收起來，其餘丟棄。當時耆婆告訴她，這些藥草已不乾淨該丟棄，但長者婦不願丟棄。後來長者婦病痊癒了，即贈耆婆四十萬兩金，與奴婢、牛馬。耆婆回去王舍城到無畏王子處，將經歷的事情稟告王子，並以所得物全奉獻給無畏王子。〔註23〕

　　以上敘述耆婆在醫學上的深造，更善於使用草藥醫病，有一位患頭痛病長達十二年的婦女始終醫不好，耆婆用一種叫做「蘇」的植物和水一起煎完後，灌到婦人鼻和口中，之後蘇和唾液一起流出，然後頭痛病就好了。在現今醫學而言，有種類似故事所說的疾病，例如，慢性的鼻竇炎，患者大多病程冗長。慢性鼻竇炎的危害即經常流膿涕、頭痛、記憶力減退，鼻竇發炎化膿時，鼻腔、鼻竇的粘膜腫脹增厚，可使竇口變狹窄，如果再加上鼻甲肥厚或息肉的阻塞，竇內的膿液就更難排出。膿液長期存留在上頜竇內，單靠一般治療，鼻竇炎就很難治癒。對於鼻竇炎的治療，最關鍵的是去除鼻竇腔內滯留的膿性和炎性分泌物。現代醫學比較常用的治療方法為負壓置換法、鼻竇穿刺沖洗手術和鹽水洗鼻法。〔註24〕此處，耆婆運用自製藥水幫助婦人清洗鼻腔，於是去除他多年以來的疾病。

〔註23〕（梁）釋寶唱：《經律異相》，頁 177b。
〔註24〕康健知識庫，網址 https://kb.commonhealth.com.tw/library/231.html。

二、外科手術

　　根據經典記載，佛陀弟子中有醫聖之稱的耆婆，曾依佛陀的指示，完成許多傑出的醫療措施，比方診斷頭痛的病人，先施以麻醉，再切開頭部，將頭整復，最後縫合頭部，完成治療，這就是現代醫學的外科手術。在《經律異相》中亦有祇域神醫執行外科手術的記錄。

　　卷三十一〈祇域為㮈女所生捨國為醫八〉中，故事大要敘述：

　　從前有洴沙王與㮈女，生一男兒名祇域，執持醫器，是為醫王也，其醫術非凡，某日，祇域遇見一個小兒，知其樵中有藥王樹，當時國中迦羅越家女年十五，臨當嫁日，忽然頭痛，祇域聞之往至其家，祇域以藥王照女頭，見有刾蟲，大小相生，乃數百枚鑽食頭腦，腦盡故死，便以金刀劈開其頭，悉出諸蟲封著甖中，以三種神膏塗瘡，女欲報恩與之五百兩金，祇域受以與師。維耶離國有迦羅越家兒，學騎馬，後遂失足，躄地而死，祇域也是以相同方法治療，其報恩與之五百兩金。南大國王有病常殺人，佛讓祇域去治病，祇域向王太后問得知王為薑子，是太后夢中與大薑通情所致，薑子須以醒醐治療。祇域發願要治療王，王仍派烏臣要殺祇域而未果，王病癒後欲報答之，祇域就請南大國王聽取佛法。〔註25〕

　　以上敘述神醫祇域善於外科手術，他在意外的機緣中，從一個砍木柴的小兒手上得到藥王樹，藥王具有診斷病症的功能，因此，他以藥王照病人發病疼痛之身體部位，確診後，即進行手術，清理病灶部位後，再以藥膏塗之，病人皆能痊癒，這些療程與現今醫學上的外科手術是很相似的。

　　關於「開腦出蟲」的故事情節，在《太平廣記・高駢》卷二一九中亦有記載：

> 江淮州郡，火令最嚴，犯者無赦。蓋多竹屋，或不慎之，動則千百間立成煨燼。高駢鎮維揚之歲，有術士之家延火，燒數千戶。主者錄之，即付於法。臨刃，謂監刑者曰：「某之愆尤，一死何以塞責。然某有薄技，可以傳授一人，俾其救濟後人，死無所恨矣。」時駢延待方術之士，恆如饑渴。監行者即緩之，馳白於駢。駢召入，親問之。曰：「某無他術，唯善醫大風。」駢曰：「可以核之。」對曰：「但於福田院選一最劇者，可以試之。」遂如言。乃置患者於密室

中，飲以乳香酒數升，則懵然無知，以利刀開其腦縫。挑出蟲可盈
掬，長僅二寸。然以膏藥封其瘡，別與藥服之，而更節其飲食動息
之候。旬餘，瘡盡愈。纔一月，眉鬚已生，肌肉光淨，如不患者。
駢禮術士為上客。〔註26〕

以上敘述可知，以銳利的刀，將頭打開取出寄生蟲的情節，在佛經故事傳入
中國後，直到宋代還是有如此相關記載。而陳寅恪先生所撰〈三國志曹沖華
佗傳與佛教故事〉一文中，對熟練外科手術的神醫華佗之研究，也是根據佛
經《佛說㮈女祇域因緣經》所載神醫耆域的醫療事迹，如破腸、破頭、破腹
後，再以神藥膏塗傷口後能痊癒，皆有類似之處。〔註27〕因此中國在外科醫
學的歷史與淵源上，是受到印度的影響。

三、精神醫學

《經律異相》故事中，記載許多以佛法思想觀點作為療癒心理創傷的實
踐過程，目前在後現代精神醫學方面也運用到一樣的方法，即以敘事治療理
論的方式來進行，內容是「外化」、「解構」、「重寫」三個步驟：患者透過重述
自身故事的過程，諮商師從旁進行引導對話，幫助患者能客觀地將人與問題
分開（外化），再嘗試重新找尋所說故事的其他啟示或意義（解構），最後能
放下並坦然面對人生的癥結點，找到人生新的方向（重寫）。〔註28〕過程如同
佛陀幫助弟子與大眾面對心理創傷問題，引導眾生安然度過人生中現實之磨
難，以下舉故事說明：

（一）以「因緣」解構聚散離合

例如，卷二十三〈婆四吒母喪子發狂聞法得道十〉中，故事大要敘述：
有婆四吒婆羅門，母有六個兒子，相續命終，因太想念兒子發狂。裸形
被髮隨路而走，遙見世尊即得本心，佛為她說法開示，於是受三自歸成優婆
夷，歡喜而去，等到其第七子命終時，都不啼哭。〔註29〕

〔註26〕（宋）李昉：《太平廣記・高駢》見《叢書集成三編》（臺北：新文豐出版公
司，1997年），第七十冊，頁20。

〔註27〕陳寅恪：《三國志曹沖華佗傳與佛教故事》見氏著《寒柳堂集》（上海：上海
古籍出版社，1980年），頁157～161。

〔註28〕艾莉絲・摩根著、陳阿月譯：《從故事到療癒：敘事治療入門》（臺北：心靈
工坊，2008年），頁25。

〔註29〕（梁）釋寶唱：《經律異相》，頁125。

　　故事中的母親連續失去六個兒子，其痛難忍使其一時遭受巨大之心理創傷，受創者披頭散髮裸形於路邊行走，正好又遇見佛陀，在佛陀傾聽她的故事後，告訴她所有因緣聚散是有一定的條件，人因有情才相聚，緣分是人與外在一切事物的連結，聚散終有時，以此協助她去面對「死別」問題，當其能理性面對萬物皆有生死的本質，接受以「因緣」解構聚散，就能重新用新的觀點看待生命，因此最後案主再度失去第七個兒子時，能不再似從前般悲痛。

（二）以「無常」解構生老病死

　　例如，卷二十七〈普安王化四王聞法得道七〉中，故事大要描述：

　　昔有五國王，國界比鄰，共作善友，更相往來，其最大者名曰「普安」，習菩薩行，餘四小王常習邪行。大王愍之，呼來上殿共相娛樂，乃至七日，大王帶四小王去見佛，佛為其說明人生八苦，生、老、病、死、愛別離、怨憎會、憂悲惱等苦，於時五王及諸群臣會中數千萬人，聞說苦諦，心開意悟，即得須陀洹道。〔註30〕

　　佛陀逐一說明生老病死之本質，以「無常」解構生老病死苦，諸王心開意解後，人生觀點改變，反視宮殿如廁所，捨棄而出家學道，改寫了人生。

（三）以「輪迴」解構五蘊熾盛

　　例如，卷十八〈比丘喜眠佛樂宿習得道十八〉故事大要描述：

　　有一比丘，飽食入室閉房靜眠，不觀非常，無復晝夜，却後七日其命將終。佛愍傷之，即入其室彈指寤之，為說妙偈。佛言，比丘前世因為太愛睡，命終轉生為蟲五萬歲。後因罪畢轉生為沙門，為何仍愛睡，比丘自責，精進修行成阿羅漢。〔註31〕

　　此處佛陀以隱喻的方式暗示大眾，執著於不好的習性是會成癮，而且阻礙進步，當人可以有自覺地反省自己的短處，並且超越就能擺脫不好的輪迴處境，才能提升到更好的境界。

（四）以「業力」解構貴賤消長

　　例如，卷二十三〈跋陀羅自識宿命遇佛成道一〉中故事大要為：

　　有一富有童子發願供養佛陀，經過累世轉生後，身分從高貴的天女降到

〔註30〕（梁）釋寶唱：《經律異相》，頁147。
〔註31〕（梁）釋寶唱：《經律異相》，頁98。

卑賤的婢女，但她供養佛門之心始終不變，其至誠善良之心更是成為反轉卑賤命運之關鍵，可知心有多寬，路就有多寬，開啟了人生新的道路，反觀吝嗇貪心的月光夫人，因心胸狹隘不願布施又想奪走他人功德的惡心，反而阻礙了自己光明的道路，最後變成婢女。〔註32〕

此故事就是呈現，人只要有至誠善良之心，就能翻轉人生，不會總是處於不好的狀態。以上既體現佛教主張的觀念，更呈現人們於生活中所面臨的各種困境與解決方法。〔註33〕

目前的醫學對於疾病的療治方法，大多強調調節飲食、物理、化學、心理、環境、氣候、醫藥等方面上的療法，在有限的範圍內，依病治療。佛教的醫學觀，不僅包含以上所提的醫理，更重視內心貪、嗔、癡三毒的根除。所謂心病還須心藥醫，唯有調和身心的健康，才能真正邁向健康之道。

第四節　石窟壁畫與藝術的價值及影響

一、新疆壁畫

佛教傳入中國前，必先經過西域（新疆一帶），陸路方面，早期分南北兩條路線，為絲路南北道，絲路南道之藝術主要是寺廟壁畫，因歷史更迭與各國探險隊的掠奪，如今多蕩然無存，目前只剩北道幾個重要石窟，如龜茲境內（新疆庫車附近）的克孜爾、庫木吐拉、森林塞姆、克孜爾尕哈等窟，及吐魯番地區的柏孜克里克、吐山谷溝等窟。龜茲是絲路上的重鎮，也是新疆佛教傳播和石窟藝術形成與發展的中心，其中的克孜爾石窟是開鑿最早，規模最大的，也保存最好的，地理最西的石窟群是東西文化交流結晶，目前已編號的石窟有二百三十六個，在此筆者據《克孜爾石窟內容總錄》〔註34〕，再參考《中國石窟·克孜爾石窟》〔註35〕、《中國新疆壁畫全集·克孜爾》〔註36〕、《克孜爾石窟探

〔註32〕（梁）釋寶唱：《經律異相》，頁121。

〔註33〕參見拙著：〈故事創傷敘事的解構與療癒——以《經律異相》為例〉，《法鼓佛學學報》第24期，2019年6月，頁92～126。

〔註34〕新疆龜茲石窟研究所編著：《克孜爾石窟內容總錄》，烏魯木齊市：新疆美術攝影出版社，2000年6月。

〔註35〕新疆維吾爾自治區等編：《中國石窟·克孜爾石窟》第一卷，新疆：文物出版社，1989年12月；第二卷，新疆：文物出版社，1996年6月。

〔註36〕中國壁畫全集編輯委員會編：《中國新疆壁畫全集1–3克孜爾石窟》（中國美

秘》〔註37〕等資料，整理出克孜爾石窟中與《經律異相》有關的故事題材，內容大多是反應小乘佛教的內涵。克孜爾中心柱窟每窟都有，一幅畫代表一個故事，依壁畫題材，將《經律異相》中的故事畫分為本生和因緣主題來說明。

（一）本生故事畫

本生故事強調輪迴的主題，主角經由累世的轉生，不同的各種修行，來達到解脫，反映早期佛教教義宗旨，屬於佛教藝術中的早期作品。繪有《經律異相》本生故事題材的石窟有：第7、8、13、14、17、38、47、58、63、69、91、98、99、100、101、104、110、114、157、163、171、178、184、186、198、206、224，共二十七窟，以下舉圖例說明。

序　號	克孜爾石窟本生故事畫	說　明
1	 克孜爾石窟菱格本生畫〔註38〕	克孜爾窟內壁上整齊排列一組一行的菱形方格，每個菱形方格內都畫著一個完整的佛本生故事，眾多的菱形方格布滿窟內壁面，組成富麗的牆壁裝飾。

　　　術分類全集），烏魯木齊市：新疆美術攝影出版社，1995年6月。
〔註37〕姚士宏：〈克孜爾石窟本生故事畫的題材種類〉，收錄於《克孜爾石窟探秘》（烏魯木齊市：新疆美術攝影出版社，1996年8月），頁61～135。
〔註38〕董玉祥：《從印度到中國：石窟藝術的產生與東傳》（臺北：藝術家出版社，2012年6月），頁114。

2	 兔王本生畫，第 14 窟，券頂西側壁〔註39〕	圖繪從前有位仙人在深山中修行，某年天逢大旱，山中瓜果、蔬菜都枯死，仙人沒有食物維生，無法繼續修行，其與相依為命的兔子說要出去找食物，兔子告訴仙人會想辦法，於是撲火將自己烤熟供養仙人，天帝見此感動，降下甘霖，山林萬物復甦，仙人終於也修成正果。故事見卷四十七《經律異相·獼猴等四獸與梵志結緣一》。
3	 薩薄迦燃臂當炬本生畫，第 17 窟，主室券頂東側壁〔註40〕	圖繪五百商人經黑暗險峻的大山谷迷路後，薩薄以白氈自纏雙臂，酥油灌之，燃用當炬。七日後，拯救大家穿過黑暗大山谷。故事見卷二十四《經律異相·燈光金輪王捨臂四》、卷四十三《經律異相·薩薄然臂濟諸賈客六》。

〔註39〕新疆維吾爾自治區文物管理委員會編：《中國石窟：克孜爾石窟》第一卷（北京：文物出版社，1989 年 12 月），頁 53。

〔註40〕新疆維吾爾自治區等編：《中國石窟·克孜爾石窟》第一卷，頁 62。

| 4 |  馬王度商克出海，第 14 窟，券頂西側壁〔註41〕 | 圖繪五百商人入海採寶，商人所乘之船遇險漂流至羅剎國，羅剎國女貪暴吃人，在危急之時，五百商人得到馬王的無私救助，並馱他們脫離險境，安全歸國。故事見卷四十三《經律異相·師子有智免羅剎女三》。 |

克孜爾佛本生故事畫題材共有一百三十一種，總計畫面有四百八十四幅，分繪於四十個窟內，數量可稱是集佛本生故事畫之大成，在目前可辨識的部分，僅是六度中的精進度類，就有一百一十九幅。〔註42〕而《經律異相》中的本生故事，大約有七成能在其本生畫中找到相應的內容。

（二）因緣故事畫

因緣故事畫主要敘述因果報應的內容為主題，佛陀講述眾生的各種善惡因緣，而得到的善惡果報，提醒眾生必須透過各種修行來得解脫。克孜爾石窟中與《經律異相》中有關的因緣故事，在第 8、32、34、38、58、63、80、101、163、171、175、176、184、188、192、193、196、205、224、227 共二十窟，其中 8、38、58、101、163、171、184、224 窟與本生故事畫相互交錯而繪成。

二、敦煌壁畫

敦煌石窟包含古敦煌郡（現在敦煌、安西兩縣市）的境內所有石窟，有莫高窟、榆林窟、西千佛洞、東千佛洞、五個廟、水峽口等石窟，其中以「莫高窟」的聲名最高，是敦煌石窟的主體，也是中國最大的石窟群。在西元 366 年時，開鑿於敦煌南部鳴沙山東端的崖壁上，距敦煌市區二十五公里，開創者為沙門樂僔，至今尚存十六國、北魏、西魏、北周、隋、唐、五代、宋、西夏、元代時期，重要洞窟五百七十多個，彩塑三千多身，壁畫六萬平方公尺，已考證的故事有六十餘種，一百六十餘幅。〔註43〕敦煌石窟藝術由石窟建築、彩塑

〔註41〕新疆龜茲石窟研究所編著：《克孜爾石窟內容總錄》，頁 120。
〔註42〕新疆龜茲石窟研究所編著：《克孜爾石窟內容總錄》，頁 122。
〔註43〕謝生保編：《前世善行：敦煌壁畫本生故事·前言》（蘭州市：甘肅人民出版社，2000 年），頁 4。

藝術和壁畫藝術共同組成。各自有不同的藝術特色，相輔相成，其中壁畫藝術表現力最高，依種類分有佛像畫、故事畫、經變畫、供養人畫像、裝飾圖案等幾類，涉及佛教的社會生活場景，描繪精彩。故事畫依題材可分：佛傳、本生、因緣、史迹故事等。以下就《經律異相》中與壁畫相應的故事來說明。

（一）佛傳故事圖

佛傳故事圖主要有八相：下生、入胎、出胎、出家、降魔、成道、轉法輪、入涅，以第二百九十窟和第六十一窟保存較完整，雖然它是根據漢譯佛典《修行本起經》、《佛點說太子瑞應本起經》等內容敷衍而成的，但《經律異相》卷四至卷七所提到的佛傳故事內容與上述相對應，大抵相同，只是細節稍異，敘述佛陀降生、成道行化到涅槃的完整過程，佛傳圖的主要畫面和情節如下：

佛由燃燈佛護送，從天而降，乘白象入母胎。國王夫人時夢見有乘白象菩薩入胎。占相者說此子生下當成佛。十個月後，四月初八日，摩耶夫人出游藍毗尼園，攀無憂樹，太子從右脇降生。太子初降地，向十方各行七步，右手指天，說：「天上天下，唯我為尊。三界皆苦，吾當安之」，每步均生蓮花，天空中天人撒花奏樂，九龍吐水為太子浴身。太子長大後，見人間生老病死各種苦難，意欲出家，國王命令嚴加守衛宮城內外，以防太子出走，於是太子乘馬離宮，由夜叉開道，天人引導，太子離開王宮，落髮出家，四處訪道，入山中苦行，修成正果後，傳道說法，最終入涅槃。以下舉圖例說明：

序　號	敦煌莫高窟佛傳壁畫	圖片說明
1	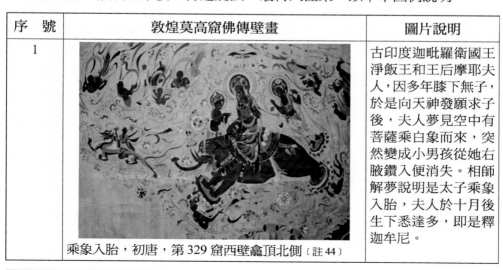 乘象入胎，初唐，第 329 窟西壁龕頂北側〔註44〕	古印度迦毗羅衛國王淨飯王和王后摩耶夫人，因多年膝下無子，於是向天神發願求子後，夫人夢見空中有菩薩乘白象而來，突然變成小男孩從她右腋鑽入便消失。相師解夢說明是太子乘象入胎，夫人於十月後生下悉達多，即是釋迦牟尼。

〔註44〕劉憶諄主編：《敦煌風華再現：續說石窟故事》（臺中：自然科學博物館，2017
　　　年 4 月），頁 118。

2	 夜半逾城，初唐，第 329 窟西壁龕頂南側〔註45〕	悉達多太子長大成人後，出遊四門，看見眾生生老病死並感到人生無常，欲得解脫，二十九歲那年某夜，受到天神啟示，拋棄王位，乘馬離開國家，出家修行。
3	 佛傳故事，北周，第 290 窟人字披，局部〔註46〕	構圖上下主要分三段呈 Z 字形走向，內容情節有：乘象入胎、樹下誕生、步步生蓮花、九龍灌頂、太子試藝、出遊四門、逾城出家、成道和說法等，概括佛陀的一生故事。
4	 涅槃，隋，第 280 窟人字披頂西披〔註47〕	佛陀涅槃像周圍是菩薩、弟子、天龍八部、各國國王舉哀群像等。佛側身而臥，右手支頤，左手自然置於身側，雙足相疊，眼睛半睜半合，面部神情安和寂靜。身後所繪的人物形象，根據人物身份呈現出嚮往、驚愕、悲痛、哀傷等種種神情，襯托出佛祖涅槃至高無上、超凡入聖的意境。

〔註45〕（梁）釋寶唱：《經律異相》，頁 16～17。
〔註46〕敦煌研究院編：《中國石窟藝術·莫高窟》（南京：江蘇鳳凰美術出版社，2015年 12 月），頁 229。
〔註47〕敦煌文物研究所編：《中國石窟：敦煌莫高窟》第二卷（北京：文物出版社，1982 年 12 月），頁 114。

　　以上舉出敦煌莫高窟中最具有代表性的佛傳故事畫說明，有佛教信仰之人，首先是瞭解佛陀的一生事跡，古代敦煌的藝術家不斷地讓佛典中釋迦牟尼的形象，生動地展現在人們眼前，不但能使不識字的人受到佛教的啟蒙教育，也為出家修行的僧侶們樹立了視覺上的學習榜樣。

（二）本生故事圖

　　本生故事圖強調人們歌頌菩薩累劫不同的轉世，自我犧牲奉獻的修行故事。內容通俗易懂，情節生動有趣，對佛教的教化、傳播、普及作用很廣。

　　例如：第二百七十五窟中，繪製於北魏時期的尸毗王本生圖，故事亦見於《經律異相》卷十的〈釋迦為薩婆達王割肉貿鷹三〉與卷二十五〈尸毗王割肉代鴿四〉當中，描述尸毗王為了從鷹口中救出一隻鴿子，寧願割下自己的肉來餵鷹的情節。畫面色調沉穩，中心人物形象鮮明，上空飛舞著菩薩，鮮花在空中飄散，有著歌頌美好的氛圍。

第 275 窟，北魏，的尸毗王本生圖	第 254 窟，北魏，尸毗王割肉貿鴿

資料來源：絲綢之路世界遺產。網址：www.silkroads.org.cn/portal.php?mod=view&aid=5518。

　　又如：第二百五十四窟中薩埵那太子本生圖，故事亦見於卷六《經律異相‧摩訶薩埵餘骨塔十四》當中，壁畫以連環畫的方式，將情節發展組織於有限的空間上，從離宮出遊到收骨建塔，中間經歷捨身飼虎的情節。同窟的盧達拏太子圖，描繪情節是太子將本國的一隻賴以戰勝敵人的白象，施捨給了異教，導致被國王流放。他還將自己的愛子施捨給婆羅門，愛子卻慘遭虐待，構圖簡潔，形象誇張，設色凝重，使人觀之動容。

薩埵那太子本生故事，北魏，第 254 窟南壁〔註48〕

（三）因緣故事畫

北魏第二百五十七窟和二百八十五窟所畫的「沙彌守戒自殺圖」所描繪內容與《經律異相》卷二十二〈沙彌護戒捨所愛身九〉中所敘述的故事情節相同，其故事摘錄自《賢愚經》卷五〈沙彌守戒自殺品第二十三〉故事而來。以第二百八十五窟的構圖為例，此位於主室南壁中段，以橫卷式構圖方式，自東而西描繪七組畫面情節，分別為 1.長者送子至比丘所，長者子被剃度出家為沙彌；2.長者應邀赴會，行前囑咐女兒守家；3.比丘令沙彌迎食，並向沙彌宣講戒律；4.少女為沙彌開門，沙彌刎頸自殺。少女見沙彌身死，仰天嚎啕，悲痛欲絕；5.少女父向國王交納罰金；6.焚化沙彌；7.起塔供養。此處故事情節與第二百五十七窟稍異的是，少了「長者應邀赴會，行前囑咐女兒守家」的情節，多了少女向其父陳述沙彌死因的情節。

沙彌守戒自殺緣品，北魏，第 257 窟南壁後部中層〔註49〕

〔註48〕新疆維吾爾自治區等編：《中國石窟‧克孜爾石窟》第一卷，頁126。
〔註49〕敦煌文物研究所編：《中國石窟：敦煌莫高窟》第一卷（北京：文物出版社，1982年12月），頁43。

沙彌守戒組圖，西魏，第 285 窟南壁〔註50〕

（四）動物壁畫

敦煌壁畫中的動物畫題材亦與《經律異相》畜生部中的動物種類相應，佛教傳入中國過程中，也帶來不少中土沒見過的動物種，動物畫以佛教教義內容為主，提倡動物與人之佛性平等，皆有成佛機會。壁畫上匯集了中原、西域和印度的眾多動物形象，主要獸類有：大象、獅、虎、鹿、牛、馬、羊、驢、駱駝；禽類有：孔雀、鴿子、鸚鵡、鶴、雉和魚鱉等水族，還有龍、鳳、翼馬、青鳥等神瑞奇特動物，畫師不僅表現出其形體美，也賦予其豐富的生活世界。以下將壁畫中與《經律異相》出現過的動物做比較，可知隨著時代不同，繪畫與文字所記載動物種類變化的過程。

敦煌壁畫各個時期之動物畫題材與《經律異相》中動物比較統計表

時　期	動物種類	《經律異相》中之動物種類
北涼、北魏	獅子、鷹、鴿子、虎、馬、鹿、孔雀、青牛、大象、白鵝	獅子、大象、馬、牛、驢、狗、鹿、駱駝（四肢有毛的脊椎動物）、野狐、狼、獼猴、兔、狸貓、鼠、金翅鳥、千秋（人面鳥身）、雁、鶴、鴿、雉、烏、龍、蛇、龜、魚、蛤、穀賊（精怪）、蟲、虱
西魏、北周	虎、馬、羊、野牛、野豬、鹿、氂牛、耕牛、騾子、驢、狒狒、玄鳥、猴子、狼、狐狸、鸚鵡、鴿子、雉雞、鶴、孔雀、蛤蟆、蛇	
隋代	馬、駱駝、驢、大象、牛、獅子、鹿、兔子、鴨子、魚	
唐前期	虎、馬、牛、驢、象、蛇、熊、獅子、孔雀、鴛鴦、雁、鸚鵡、仙鶴	
唐後期	虎、馬、牛、獅子、大象、鹿、獵犬、山羊、孔雀、鸚鵡、大雁、天鵝、蠍子、毒蛇、白鼠	

〔註50〕新疆維吾爾自治區等編：《中國石窟‧克孜爾石窟》第一卷，頁 135～136。

五代、宋代	馬、虎、駱駝、毛驢、騾、牛、大象、獅子、鹿、羊、大蛇、獼猴、大雁、孔雀、仙鶴、鸚鵡、魚
回鶻、西夏、元	馬、虎、獅子、孔雀、魚、龜、象、牛、騾子、龍、雞、鴨、鵝、藍鵲、狗、野豬、仙鶴、鹿、鸚鵡、麒麟、猴子、蟹、蠍子

資料來源：劉玉權：《敦煌動物畫卷》（上海：上海人民出版社，2000 年）。

水族動物壁畫裝飾圖，克孜爾第 38 窟，主室券頂東、西側壁

參考資料來源：新疆維吾爾自治區文物管理委員會編：《中國石窟：克孜爾石窟》第一卷（北京：文物出版社，1989 年 12 月），頁 126～127。

　　由上可知，大部分的獸類、禽類、水族類，《經律異相》與壁畫相同，但特別的是《經律異相》所記載的「穀賊精怪」與「人面鳥身千秋」，尚無在壁畫中出現，這也是其專門載錄異相特點之所在。

　　敦煌壁畫也保留大量古建築形像藝術，包含：佛寺、城闕、宮殿、民居等；單體建築有如：城門、城樓、角樓、殿堂、佛塔、樓閣、臺榭、迴廊、殿舍、茅庵、草棚、屠房、監牢、橋梁、墳墓等。以上都是《經律異相》故事中不可或缺的場景，畫師將其優美豐富的形像，呈現在人們眼前。〔註51〕

　　在服飾藝術方面，壁畫雖然以佛教題材為主，但描繪的人物服飾卻是集天上、人間之大成，與《經律異相》所記載內容相應。具體可以分成二類：

　　一類是佛界宗教神靈之服飾，如，佛、菩薩、聲聞、天王、伎樂、天女、羅漢、金剛、得道比丘等。其形象非同凡人，透過畫師的理解與想像，努力將認知中最好的中、外衣冠服飾的元素，進行混搭，具有誇張、幻想的成分，同時反應出古代的時尚文化。

〔註51〕李映洲主編：《敦煌壁畫藝術論》，下冊（蘭州：蘭州大學出版社，2013 年 7 月），頁 365。

觀無量壽經變圖，盛唐，第 45 窟北壁〔註52〕

　　另一類是俗世人物的服飾，此可說是包羅萬象，其包含：帝王、將相、平民、農夫、漁夫、工匠、樂人、醫生、獵人、乞丐、漢人、中亞人、西亞人……等，可說無所不有。這些衣冠服飾又因國家、民族各異，又歷經千年時空的演變，式樣琳瑯滿目，充分展現豐富的服飾文化價值。〔註53〕

反彈琵琶樂舞圖，中唐，第 112 窟南壁中唐〔註54〕

說明：舞台上左右有二側各有三位演奏者，左方由前至後，所持樂器分別為拍板、橫笛、雞婁鼓及鞉鼓；右方分持琵琶、阮咸與箜篌，中間有反彈琵琶的舞者，為最具代表性的舞蹈形象者。其天衣裙裾，如游龍驚鳳，搖曳生姿，項飾臂釧則在飛動中叮噹作響，別饒清韻。人物造型豐腴飽滿，線描寫實明快、流暢飛動，一氣呵成，天衣飄颺，體現了唐代佛教繪畫民族化的特色。

〔註52〕新疆維吾爾自治區等編：《中國石窟‧克孜爾石窟》第一卷，頁 134～135。
〔註53〕新疆維吾爾自治區等編：《中國石窟‧克孜爾石窟》第一卷，頁 298～299。
〔註54〕新疆維吾爾自治區等編：《中國石窟‧克孜爾石窟》第一卷，頁 140。

－265－

敦煌莫高窟被聯合國登錄為世界文化遺產，被譽為二十世紀最有價值的文化發現，其歷經北魏、隋、唐、北宋、西夏不斷擴大修建，元代以後莫高窟逐漸衰敗。而敦煌壁畫其實就是一本藝術的編年史，包含著中國與西域的藝術，在這個舞台上，時隔千年的藝術家同台競技，不同的畫風、造型、文化都匯聚一堂，已屬難能可貴的奇蹟，如同張大千先生所云：

> 在藝術方面的價值，我們可以說，敦煌壁畫是集東方中古美術之大成，敦煌壁畫代表了北魏至元一千年來我們中國美術的發達史。換言之也可以說是佛教文明的最高峰……敦煌壁畫早於歐洲的文藝復興約有一千年，而現代發現尚屬相當的完整，這也可以說是人類文化的奇蹟！〔註55〕

其將史書與佛典故事中曾記載的太平盛世、禮儀樂器與舞蹈、社會風貌、文化制度、科技發展、天文地理、民間生活等，皆栩栩如生重現於畫面之中，內容豐富、價值珍貴，後世稱之為「世界藝術寶庫」。

石窟壁畫之資料，讓《經律異相》的文字敘述具象化，同時亦見證了中西方文化交流的過程。

〔註55〕謝凌：〈川博擷珍（三）張大千臨摹敦煌壁畫作品〉，《西南航空》，2010 年 5 月，頁 77。

第七章　結　論

　　《經律異相》為中國最早的佛教類書，亦是一部純粹只收印度故事的百科全書，共有七百八十二條記事。故事透過的傳播，促進中印文化進行交流並發生演化，最後形成世界文化的融合，其影響確實相當地深刻與廣泛，以下分為幾個重點，作為研究之總結。

一、故事情節特色

　　《經律異相》故事內容題材明顯主張因果輪迴觀念，及佛教修行的各種法門等，這些都是勸化世人，積極向善的重要元素，而當故事流傳到最後，即便是逐漸褪去宗教義理的外衣，精彩的情節仍能被後世傳頌不止，以下說明《經律異相》故事情節所具之特色：

（一）佛教精神之意涵

1. 因果業報

　　漢譯佛典中，因緣故事是以人生事相為主，如佛、佛弟子、信徒的事蹟等，其形成是受到古印度社會生活中，盛行業報思想影響之故，「因果」觀念是佛陀從自然法則中悟出的真理，認為萬事萬物之間是普遍聯繫的概念，因自己的行為而產生後果，是客觀存在的，佛教信仰則稱之為「因果業報」。因果報應則來自於「業」，是由意志所引生之身心生活，與因果關係結合，指過去行為延續下來所形成的力量，善業得善報，不善則得苦果罪報。例如：《經律異相》卷三十五中，故事大要敘述：

　　有一乞兒，歷座行乞無所得，瞋恚而出，便生惡念，吾得為王，以鐵輞車

輒斷其頭,復一乞兒來,從眾乞食,各各與之,大得飯食歡喜而去。即生念言,此諸沙門有慈悲心,我得為王,供養佛僧。最終,二乞兒一死一為王。〔註1〕

由此可知,造業不同,果報不同,自作自受,有現世報或後世報,含有過去、現在和未來的輪迴思想。

2. 神通的描述

佛陀說法以神通故事情節,最為令人驚奇與印象深刻,例如:卷五〈以足指散巨石十八〉中,故事大要提到:佛以足拇指,舉大石擲置虛空,還以手接,安置右掌,吹令碎沫,復還合之,令力士貢高心息。〔註2〕;卷七〈難陀出家八〉中,佛陀帶難陀去天宮與地獄觀其景像,作善入天宮,作惡入地獄,難陀失色,急問世尊,求離地獄,佛說微妙法,令至道場。〔註3〕;卷二十八〈興費調為姦臣所害鬼復為王一〉中,奸臣害王枉死,王轉生羅剎吃人,佛以神力飛往羅剎處為其說法。〔註4〕佛教的傳播之所以運用神通說法,是一方面為趕上當時印度社會上其他宗教也流行與崇尚,故以不被排擠的原則狀態下,只能也談些神通來傳法;二來運用神通情節的故事來傳播佛法,亦可兼顧教育與娛樂的功能。

3. 佛教之修行者與行為

佛經以宣傳修行與教化為目的,《經律異相》中同樣有許多不同身分與層次的修行者,透過不同的因緣修行來提升境界,境界的差別,主要是依「六度」與「十善」為主,並加以區別。例如,《經律異相》卷三十五,修布施的故事,大要提到,須達七貧後得食,併奉佛僧倉庫自滿〔註5〕;卷二中,日月天王因修行守戒,故得以照耀光明〔註6〕;卷九中,修忍辱故事,菩薩淨精進,化功德財,久忍眾苦〔註7〕;卷十四中,入定後,鬼不能傷。〔註8〕以上為不同修行者的因緣果報相關描述。

〔註1〕（梁）釋寶唱:《經律異相》見《大正新脩大藏經》(臺北:新文豐出版公司,1983年元月),冊53,頁190。
〔註2〕（梁）釋寶唱:《經律異相》,頁24。
〔註3〕（梁）釋寶唱:《經律異相》,頁35。
〔註4〕（梁）釋寶唱:《經律異相》,頁150。
〔註5〕（梁）釋寶唱:《經律異相》,頁189～190。
〔註6〕（梁）釋寶唱:《經律異相》,頁53。
〔註7〕（梁）釋寶唱:《經律異相》,頁2。
〔註8〕（梁）釋寶唱:《經律異相》,頁70～71。

4. 天宮與地獄的描述

《經律異相》中有許多天宮與地獄的描繪，關於天宮情節的描述，例如：《經律異相》卷一中，天人行無限制、無肉身、隨心所欲化現，壽命長久，以禪悅為食，居住之天宮以風輪所持。〔註9〕主要呈現的是自在的境界，關於地獄情節的描述，例如：《經律異相》卷五十中，由銅、鐵、火、石等化成各種不同刑具與刑罰，懲罰造惡業之眾生，即使是身為閻羅王，審判罪人之前，自己也是要受吞熱鐵丸之苦，地獄中到處為行惡眾生的受諸苦相。〔註10〕這類主要是凸顯受惡業果報的禁錮，與人間不同的異相，作為鮮明的對比，既是鼓勵也是警惕眾生，於修行中精進與墮落的截然差異。

（二）動物

「動物」類的情節單元，所提到的動物共有二十九種，其中與「龍」相關的數量最多，其次是「鹿」，再來是「鳥」和「獼猴」。動物於情節中常表現其本身的形象與特性，最多是表現不尋常的行為，例如：龍與修道者以神通戰鬥、鳥醫虎疾、鹿王救難、動物的變形、動物修行、動物作人語等。除此外，與佛教信仰相應的還有各種動物的菩薩行，都是很特別的。

（三）神與鬼、魔、精怪

《經律異相》中的因緣故事占全書的七成，有的與本生故事融合在一起，在因緣故事中出現有超能力的非人類、非動物角色，通常是「神」，偶爾會有「鬼」、「魔」、「精怪」。而「神」在故事中經常與人互動，例如：「神助人」、「神害人」。此外，還有「神變形」，例如：神變成鴿、鷹、獼猴、狗、豬、鼠、獅子、狼、老虎等。「鬼、魔、精怪」的出現通常是變幻的行為，例如：會吃人、惱人、助人、害人等，也有聽法的修行行為。

（四）其它

「天地水火」、「植物」、「器物用品」三類，相較於上述類別是出現較少的類別，其主要呈現自然界少見的特殊現象，如：「天雨血」、「天雨七寶」；特殊又神奇的植物，如：「樹出法音」、「樹有神變」、「梗米自生」；「器物」的奇特有「衣服發光」、「寶珠令盲人目明」。此類運用較少之原因，乃其主要為故事的搭配場景，故事核心仍是偏重在人物的行為表現上。

〔註9〕（梁）釋寶唱：《經律異相》，頁 1～2。
〔註10〕（梁）釋寶唱：《經律異相》，頁 262～268。

二、文化之交流與融合

觀察《經律異相》故事，可尋到民間類型故事的源頭。如：《經律異相》卷十五〈畢陵伽婆蹉以神足化放牧女人五〉中敘述：

> 畢陵伽婆蹉在王舍城，日時將至，欲行乞食，至一放牧家食。其家女人啼，即問女言：「何故啼耶？」答言：「闍梨，今節會日，眾人集戲，我無衣裳，獨不得去。」時尊者即化作種種衣服、珠寶、瓔珞、金銀、校飾，與已便去。眾人見之，問言那得，具說因緣，聞達國王，王即喚牛女及比丘來，問尊者。何處得此好金，非世所有？比丘即捉杖，打壁扣床，一切化成黃金。作如是言，首陀羅何處得金，此即是也。王言闍梨，有大神足，宜各還去。〔註11〕

故事提到女人因無衣裳參加晚會而啼哭，尊者即以神力化衣服、金銀給她，比丘捉杖打壁扣床，一切化成黃金。此情節與灰姑娘沒有衣服赴皇家晚會，遇見有一仙子使用魔法棒變現禮服、玻璃鞋、馬車、車夫……等，是很雷同的。

又如，《經律異相》卷二十四〈阿育四分王始終造業十二〉中敘述：

> 修私摩等，聞父亡背，立阿育為王，心生不忍，即集諸兵，來伐阿育。二大力士，與成護各鎮一門，王頓東門。立大火坑，以物覆之。無有煙炎，作機關木人，王騎大木象，遲行示弱。脩私摩率其銳卒，現殺阿育，見諸木人，行步劣動，督軍直前，墮大火穽，被燒而死，二十八萬里，皆臣屬之，陸地龍及夜叉，悉皆降伏。〔註12〕

故事提到王作戰時物資自然從地湧出，作機關木人，坐大木象對付敵軍遲行示弱，脩私摩率其銳卒，現殺阿育，看見諸木人行步劣動，督軍直前墮大火坑，被火燒死。「王騎大木象，遲行示弱」此情節相似於荷馬史詩之〈木馬屠城記〉〔註13〕中，希臘人造一隻大木馬，將精銳軍藏於木馬腹中，之後騙敵軍將其木馬拖至城中，等待其敵人鬆懈後，精銳軍全面殺出而屠城。

又如，《經律異相》卷十九〈難提比丘為惑所染說其宿行并鹿斑童子六〉提到：

> 我今欲依仙法出家。王言可爾，即於百巖山，造立精舍，修習仙法，得五神通。忽因小行不淨流出，時有牝鹿，飲此小便，舐其產門，

〔註11〕（梁）釋寶唱：《經律異相》，頁77。
〔註12〕（梁）釋寶唱：《經律異相》，頁135。
〔註13〕黃晨淳：《希臘羅馬神話故事》（臺中：好讀出版，2018年1月），頁346。

即便有胎，產一小兒。仙人往看，見鹿生兒，怪而念曰：「云何畜生，而生於人。」入定觀之，知是其子，收而養之。〔註14〕

與卷三十九中，〈獨角仙人情染世欲為婬女所騎十六〉提到：

山中有仙人，以仲秋之月，於澡槃中小便。見鹿合會，婬心即發，精流槃中，鹿飲之，即時有身，滿月生子，大類如人，頭有一角，其足似鹿，鹿當產時，往仙人舍前生子，付仙人而去。仙人出時，見此鹿子，自念本緣，知是己兒，取已養育。〔註15〕

以上二則故事均提到一個相同情節，為牝鹿飲人小便舐其產門，即有胎產一小兒。此與印度神話故事〈獨角修士〉的情節相似，內容為一隻牝鹿將一位修士排出的小便和水一起喝了，而生下一個人類的孩子，這個孩子額頭上有一隻角，於是取名叫獨角。〔註16〕

另外，在《經律異相》卷十四，〈目連為魔所嬈十二〉、〈目連現二神足力降二龍王十七〉〔註17〕二篇中，分別提到情節有：魔化澈影入目連腹中；目連現二神足力降二龍王，變身入龍目中，又從耳鼻入出或飛入其口或入腹中，圍龍十四重以身勒兩龍。這些敘述後來在中國著名小說《西遊記》當中，都能找到類似的情節運用，而學者陳寅恪與季羨林先生都有相關的研究論述。〔註18〕

以上可知，印度故事與中國、世界各國故事交流後，所產生的影響，先不論這些故事最早源頭從何開始？其是如何交流、影響、創新與融合？重要的是，都能在《經律異相》中，找到中外故事發展的線索與關鍵。

《經律異相》不僅保留許多已亡佚的佛經故事，同時這些故事也是純粹流傳於印度的道地民間故事，其傳譯至不同的國家，隨著流傳地社會文化之差異，故事說法產生了變異，基本架構相同，而情節改異處即反應各地文化特色，呈現著不同區域之人的各種生活環境、社會發展、風俗習慣、政經制度等，如同本文第五章中類型故事所析論：

〔註14〕（梁）釋寶唱：《經律異相》，頁103。

〔註15〕（梁）釋寶唱：《經律異相》，頁209～210。

〔註16〕陳義編：《印度神話故事》，（臺北：星光出版社，1988年3月），頁60。

〔註17〕（梁）釋寶唱：《經律異相》，頁74～75。

〔註18〕陳寅恪：《陳寅恪先生論文集（下）》，（臺北：三人行出版社，1974年5月），頁411～416。季羨林著、王樹英選編：《季羨林論中印文化交流》（北京：新世界出版社，2006年1月），頁288。

　　以〈人體器官爭功勞〉類型而言，其故事寄寓合作的道理，是中外皆認同之精神，故事見於印度佛經、希臘寓言流傳至宋代，於中國反應出政爭的文化色彩。

　　以〈驢披獅皮難仿聲〉類型故事為例，見於印度民間故事、佛經故事及希臘寓言，傳入中國，於敦煌文書中，情節內容將驢所披之獅皮改成麻及地點上作更換，之後影響唐·柳宗元〈黔之驢〉之創作，故事融入了中國的元素。

　　又如〈和國王鬥智的賊〉類型故事為例，其敘述國王與聰明的賊連環鬥智，最後國王都不得不佩服這個於日常生活，各種行為中，出奇制勝的賊。佛經〈舅甥共盜甥黠慧後得王女為妻十二〉中所讚揚之機智的「賊」與中國的古代機智人物對比，風格實在迥異，中國故事通常是以文人學士作為機智主角。此類型故事見於印度與外國地區，而中國只見於少數民族地區蒙古族、哈薩克族及柯爾克孜族，可知受其中國傳統文化之影響，限制了故事的流傳區域。

　　佛經故事雖然出現較早，但不代表民間故事必定從佛經演變而來，有的民間故事可能是源自佛經，但有的是民間故事被佛經所取材後加以改編，記載於非宗教經典的故事，流傳到最後與其它故事產生複合現象，有很多豐富的變化。源自民間故事，例如，《經律異相》卷十一〈為大理家身濟鼈及蛇狐四〉即「報恩的動物和忘恩的人」型，故事發展到後來與其他故事類型產生了複合。

　　透過類型故事的比較，能了解故事傳播與變異情形，並觀察出故事所反應的地區與時代之文化意義。

三、研究展望

　　本文以傳統的佛教十二分教中之因緣、本生方面來探討《經律異相》故事，又採用國際性的 AT 分類法，即以「情節單元」及「故事類型」方法來加以探討，以不同的視野與角度增加研究面向，確實有其科學價值和歷史意義。AT 分類法，以主體結構分析故事異同，能將存在異文同型故事加以比較，其所觀察範圍，不僅於同一時代、同一地區，而將時代與地區擴展比較的同時，亦可得知相似故事之間的聯繫及各地風俗民情、特定的信仰、價值觀等文化交流的過程與結果。

　　金榮華教授《民間故事類型索引》一書中，也曾敘述 AT 系統型號的功能：「使用 AT 系統，是因為許多國家的民間故事編目者在使用它，經由它的型號，可以超越各國語文的障礙，取得其他國家同型故事的資訊，有比較寬廣的世界觀。」〔註19〕

　　可知運用 AT 分類法，利於跨國性之文學比較研究。因此，故事情節單元之索引，亦即為世界風俗民情、人生智慧、生活經驗、文學、文化等之索引。本研究結果證實，《經律異相》故事不但對中國文學與文化有深刻的影響，並且對世界各地亦是廣泛影響，因此，AT 分類法為與國際接軌的重要觀察研究方法與關鍵。在浩瀚的經律論三藏中還蘊含著許多的故事，尚未分類與整理，且以往佛經的研究方向大多著力於義理思想、文字語言、考證翻譯等方面，以 AT 分類法研究佛經故事的成果尚待成長，因此，利用 AT 分類法對佛典中的故事進行研究，勢必成為未來積極開發的領域。

〔註19〕金榮華主編：《民間故事類型索引》（增訂本），新北市：中國口傳文學學會，
　　　　2014 年 4 月，前言。

引用文獻

（本論文以《大正新修大藏經》版本為底本，古籍依朝代先後及撰人姓氏筆劃順序排列，今著依撰人姓氏筆劃順序排列）

一、佛典

1. 《生經·佛說鱉獼猴經》，（西晉）竺法護譯，《大正新脩大藏經》，臺北：新文豐出版，1983 年元月。

2. 《佛說群牛譬經》，（西晉）法炬譯，《大正新脩大藏經》，臺北：新文豐出版，1983 年元月。

3. 《舊雜譬喻經》，（三國吳）康僧會譯，《大正新脩大藏經》，臺北：新文豐出版，1983 年元月。

4. 《六度集經》，（三國吳）康僧會譯，《大正新脩大藏經》，臺北：新文豐出版，1983 年元月。

5. 《大般涅槃經》，（北涼）天竺三藏曇無讖譯，《大正新脩大藏經》臺北：新文豐出版，1983 年元月。

6. 《雜寶藏經》，（元魏）吉迦夜共曇曜譯，《大正新脩大藏經》，臺北：新文豐出版，1983 年元月。

7. 《成實論》，（姚秦）訶梨跋摩著、姚秦三藏鳩摩羅什譯，《大正新脩大藏經》，臺北：新文豐出版，1983 年元月。

8. 《佛說阿彌陀經》，（姚秦）鳩摩羅什譯，《大正新脩大藏經》，臺北：新文豐出版，1983 年元月。

9. 《妙法蓮華經》，（姚秦）鳩摩羅什譯，《大正新修大藏經》，臺北：新文豐出版，1983 年元月。

10. 《大智度論》，龍樹菩薩著，（姚秦）鳩摩羅什譯，《大正新脩大藏經》，臺北：新文豐出版公司，1983 年元月。

11. 《眾經撰譬喻經》，比丘道畧集，姚秦三藏鳩摩羅什譯，《大正新脩大藏經》，臺北：新文豐出版，1983 年元月。

12. 《出三藏記集》，（梁）僧祐撰，《大正新脩大藏經》，臺北：新文豐出版，1983 年元月。

13. 《經律異相》，（梁）釋寶唱撰，《大正新脩大藏經》，臺北：新文豐出版，1983 年元月。

14. 《百喻經》，（南朝齊）僧伽斯那撰，《大正新脩大藏經》，臺北：新文豐出版，1983 年元月。

15. 《眾經目錄》，（隋）法經撰，《大正新脩大藏經》，臺北：新文豐出版，1983 年元月。

16. 《眾經目錄》，（隋）彥悰撰，《大正新脩大藏經》，臺北：新文豐出版，1983 年元月。

17. 《歷代三寶紀》，（隋）費長房撰，《大正新脩大藏經》，臺北：新文豐出版，1983 年元月。

18. 《佛本行集經》，（隋）闍那崛多譯，《大正新脩大藏經》，臺北：新文豐出版，1983 年元月。

19. 《阿毘達磨大毗婆沙論》，（唐）五百大阿羅漢等著，三藏法師玄奘譯，《大正新脩大藏經》，臺北：新文豐出版，1983 年元月。

20. 《瑜伽師地論》，（唐）玄奘譯，《大正新脩大藏經》，臺北：新文豐出版，1983 年元月。

21. 《般若波羅蜜多心經》，（唐）玄奘譯，《大正新脩大藏經》，臺北：新文豐出版，1983 年元月。

22. 《大乘大集地藏十輪經》，（唐）玄奘譯，《大正新脩大藏經》，臺北：新文豐出版，1983 年元月。

23. 《續高僧傳》，（唐）道宣撰，《大正新脩大藏經》，臺北：新文豐出版，1983 年元月。

24. 《根本說一切有部毘奈耶雜事》，（唐）義淨譯，《大正新脩大藏經》，臺北：新文豐出版，1983 年元月。

25. 《諸經要集》，（唐）道世集，《大正新脩大藏經》，臺北：新文豐出版，1983 年元月。

26. 《開元釋教錄》，（唐）智昇撰，《大正新脩大藏經》，臺北：新文豐出版，1983 年元月。

27. 《大唐內典錄》，（唐）道宣撰，《大正新脩大藏經》，臺北：新文豐出版，1983 年元月。

28. 《法苑珠林》，（唐）道世撰，《大正新脩大藏經》，臺北：新文豐出版，1983 年元月。

29. 《雜譬喻經》，（唐）道略撰，《大正新脩大藏經》，臺北：新文豐出版，1983 年元月。

30. 《大乘起信論》，（唐）實叉難陀譯，《大正新修大藏經》，臺北：新文豐出版，1983 年元月。

31. 《大藏聖教法寶標目》，（宋）王古撰，上海影印宋版藏經會影印宋平江府陳湖磧砂延聖院刊本，1936 年。

32. 《雜阿含經》，（宋）求那跋陀羅譯，《大正新脩大藏經》，臺北：新文豐出版，1983 年元月。

33. 《四分律名義標釋》，（明）廣州沙門釋見，《大正新脩大藏經》，臺北：新文豐出版，1983 年元月。

34. 《佛遺教經解》，（明）吳蕅益釋，《大正新脩大藏經》，臺北：新文豐出版，1983 年元月。

二、專書

（一）古籍

1. 《列子》，（周）列禦寇撰，《景印文淵閣四庫全書》，臺北：商務印書館，1986，年 7 月。

2. 《韓非子》，（周）韓非撰，《四部備要》，臺北：中華書局，1966 年 3 月。

3. 《淮南子》，（漢）劉安撰，高誘注，《四部備要》，臺北：臺灣中華書局出版，1966 年 3 月。

4. 《論衡》，（漢）王充撰，《四部備要》，臺北：臺灣中華書局出版，1966 年 3 月。

5. 《說苑》，（漢）劉向撰，《四部備要》，臺北：臺灣中華書局出版，1966 年 3 月。

6. 《搜神記》，（晉）干寶撰，臺北：新文豐出版，1980 年 12 月。

7. 《搜神記》，（晉）干寶撰，《增補津逮祕書》，京都：中文出版社，1980 年 2 月。

8. 《拾遺記》，（晉）王嘉撰，《景印文淵閣四庫全書》，臺北：商務印書館，1986 年 7 月。

9. 《山海經》，（晉）郭璞撰，臺北：商務印書館，1986 年 7 月。

10. 《山海經》，（晉）郭璞撰，四部叢刊初編，臺北：臺灣商務印書館，1967 年。

11. 《列異傳》，（魏晉）曹丕、張華撰，李劍國輯釋，《唐前者志怪小說輯釋》，上海：上海古籍出版社，2011 年 10 月。

12. 《博物志》，（晉）張華撰，《四部備要》，臺北：臺灣中華書局，1965 年 11 月。

13. 《宣驗記》，（南朝宋）劉義慶撰，收入李劍國輯釋，《唐前者志怪小說輯釋》，上海：上海古籍出版社，2011 年 10 月。

14. 《幽明錄》，（南朝宋）劉義慶撰，《筆記小說大觀 31 編》，臺北：新興書局，1980 年 8 月。

15. 《冥祥記》，（南朝梁）王琰撰，收入李劍國輯釋，《唐前者志怪小說輯釋》，上海：上海古籍出版社，2011 年 10 月。

16. 《宣室志》，（唐）張讀、裴鉶撰，上海：上海古籍出版社，2012 年 8 月。

17. 《酉陽雜俎》，（唐）段成式撰，北京：中華書局出版，1981 年。

18. 《酉陽雜俎續集》，（唐）段成式撰，《景印文淵閣四庫全書》，臺北：臺灣商務印書館，1983 年。

19. 《紀聞》，（唐）牛肅撰，《太平廣記》卷一百十五，《叢書集成三編》，臺北：新文豐出版，1997 年。

20. 《大唐西域記》，（唐）玄奘撰，《中國科學技術典籍通彙》，鄭州市：河南教育出版社，1993～1995 年。

21. 《報應錄》，（唐）王轂撰，《叢書集成三編》，臺北：新文豐出版，1996年。

22. 《儆戒錄》，（五代）周珽撰，《叢書集成三編》，臺北：新文豐出版，1997年。

23. 《傳奇》，（唐）裴鉶撰，《百部叢書集成初編》，臺北：藝文出版，1966年。

24. 《柳河東集》，（唐）柳宗元撰，《景印文淵閣四庫全書・集部》，臺北：臺灣商務印書館出版，1983～1986年。

25. 《柳宗元集校注》，（唐）柳宗元撰，北京：中華書局，2013年10月。

26. 《搜神秘覽》，（宋）章炳文撰，北京：中華書局，1985年。

27. 《遯齋閑覽》，（宋），陳正敏撰，《中國笑話書七十一種》，臺北：世界書局，1961年。

28. 《太平廣記》，（宋）李昉撰，《叢書集成三編》，臺北：新文豐出版，1999年。

29. 《唐語林》，（宋）王讜撰，《景印文淵閣四庫全書》，臺北：台灣商務印書館出版，1983～1986年。

30. 《太平廣記》，（宋）李昉撰，《景印文淵閣四庫全書》，臺北：臺灣商務印書館，1983年。

31. 《夷堅志》，（宋）洪邁撰，臺北：明文書局，1982年4月初版。

32. 《東坡志林》，（宋）蘇軾著，王松齡點校，《唐宋史料筆記叢刊》，北京：中華書局出版，1981年9月。

33. 《新編醉翁談錄》，（宋）羅燁編，《續修四庫全書》，上海：上海古籍出版社，2002年。

34. 《獨醒雜志》，（宋）曾敏行撰，《景印文淵閣四庫全書》，臺北：臺灣商務，1983～1986年。

35. 《墨莊漫錄》，（宋）張邦基撰，《叢書集成新編》，臺北：新文豐出版1985年。

36. 《異聞總錄》，（元）佚名，《筆記小說大觀正編》，臺北：新興出版，1973年。

37. 《西遊記》，（明）吳承恩著，黎庶注釋，新北市：新潮社文化事業有限公

司，2018 年 9 月。

38. 《留青日札》，（明）田藝蘅撰，上海：上海古籍出版社 1985 年 9 月。

39. 《清平山堂話本》，（明）洪楩編、王一工標校，新北市：建宏出版社，
1995 年 3 月。

40. 《華筵趣樂談笑酒令》，（明）無名氏撰，《中國古代酒文獻輯錄》，北京：
新華書店，2004 年 9 月。

41. 《解慍編》，（明）樂天大笑生輯，《續修四庫全書》，上海：上海古籍出版
社，2002 年。

42. 《清溪暇筆》，（明）姚福撰，《叢書集成新編》，臺北：新文豐出版，1985
年。

43. 《雪濤小說》，（明）江盈科撰，上海：上海古籍出版社，2000 年 5 月。

44. 《耳食錄》，（清）樂鈞撰，《叢書集成三編》，臺北：新文豐出版，1996
年。

45. 《新齊諧》，（清）袁枚撰，《續修四庫全書》，上海：上海古籍出版社，
2002 年。

46. 《閱微草堂筆記》，（清）紀昀撰，新北市：廣文書局股份有限公司，2017
年 12 月。

47. 《古今圖書集成》，（清）陳夢雷撰，臺北：鼎文書局出版，1977 年 10 月。

48. 《繹史》，（清）馬驌撰，《景印文淵閣四庫全書》，臺北：臺灣商務印書
館，1986 年 7 月。

49. 《笑林廣記》，（清）游戲主人撰，臺北：南港山文史工作室，2017 年 11
月。

50. 《鸝砭軒質言》，（清）戴連芬撰，《筆記小說大觀正編》，臺北：新興出
版，1973 年

51. 《咫聞錄》，（清）慵納居士撰，《筆記小說大觀正編》，臺北：新興出版
1973 年。

52. 《里乘》，（清）許奉恩撰，《叢書集成三編》，臺北：新文豐出版公司 1997
年。

53. 《格林童話全集》，格林兄弟著，臺北：小知堂文化事業有限公司，2001
年 3 月。

54. 《格林童話》，臺北：遠流圖書公司出版，2001 年。

55. 《外國童話選》，安徒生著，四川：四川人民出版社，1979 年 11 月。

56. 《伊索寓言》，羅念生等譯，北京：人民文學出版社，1981 年。

57. 《伊索寓言》，王煥生譯，伊索著，北京：華夏出版社，2007 年 10 月。

58. 《奧義書》，黃寶生譯，新北市：自由之丘文創事業出版，2017 年 10 月。

59. 《新約聖經》，不著撰者，臺中：國際基甸會發行，1981 年。

（二）近代著作

1. 不著撰者，《日本民間故事》，東京：霞山會，1996 年 7 月。

2. 不著撰者，《匈牙利童話》，臺中：義士出版社，1967 年。

3. 不著撰者，《阿拉伯童話》，臺中：義士出版社，1967 年。

4. 丁乃通著，《中國民間故事類型索引》，武漢：華中師範大學出版社，2008 年 4 月。

5. 丁敏著，《佛教譬喻文學研究》，臺北：東初出版社，1996 年。

6. 上海文藝出版社編，《中國動物故事集》，上海：上海文藝出版社，1978 年 5 月。

7. 中國民間文學集成編輯委員會編，《中國民間故事集成‧福建卷》，北京：中國 ISBN 中心出版，1998 年 12 月。

8. 中國民間文學集成編輯委員會編，《中國民間故事集成‧吉林卷》，北京：中國文聯出版公司，1992 年 11 月。

9. 中國民間文學集成編輯委員會編，《中國民間故事集成‧吉林卷》，北京：中國 ISBN 中心出版，1994 年 9 月。

10. 中國民間文學集成編輯委員會編，《中國民間故事集成‧浙江卷》，北京：中國 ISBN 中心出版，1997 年 9 月。

11. 中國民間文學集成編輯委員會編，《中國民間故事集成‧陝西卷》，北京：中國 ISBN 中心出版 1996 年 9 月。

12. 中國民間文學集成編輯委員會編，《中國民間故事集成‧貴州卷》，北京：中國 ISBN 中心出版，2003 年 5 月。

13. 中國民間文學集成編輯委員會編，《中國民間故事集成‧福建卷》，北京：中國文聯出版公司，1992 年 11 月。

14. 中國民間文學集成編輯委員會編，《中國民間故事集成‧遼寧卷》，北京：

中國 ISBN 中心出版，1994 年 9 月。

15. 中國民間文學集成編輯委員會編，《中國民間故事集成·遼寧卷》，北京：中國文聯出版公司，1992 年 11 月。

16. 中國民間文學集成編輯委員會編，《中國民間故事集成·陝西卷》，北京：中國 ISBN 中心出版，1996 年 9 月。

17. 中國壁畫全集編輯委員會編，《中國新疆壁畫全集1～3 克孜爾石窟》中國美術分類全集，烏魯木齊市：新疆美術攝影出版社，1995 年 6 月。

18. 中華民族大系編委會編，《中華民族故事大系》，上海：上海文藝出版社，1995 年 12 月。

19. 元亨寺漢譯南傳大藏經編譯委員會，《漢譯南傳大藏經》，高雄：元亨寺妙林出版社，1995 年 7 月。

20. 王以昭主編，《罕本中國通俗小說叢刊》第一輯，臺北：天一出版社，1974 年 9 月。

21. 王先謙撰，《莊子集解》，《萬有文庫簡編》，臺北：台灣商務印書局，1935 年 3 月。

22. 王崇輝編，《南京民間故事》，南京：江南古籍出版社，1990 年 3 月。

23. 王琳編，《季羨林全集》，北京：外語教學與研究出版社，2010 年 5 月。

24. 王孺童校注，《比丘尼傳校注》，北京：中華書局，2006 年。

25. 包玉堂主編，《麼佬族民間故事》，南寧：漓江出版社，1982 年。

26. 古斯塔夫·史瓦布，陳德中譯，《希臘神話故事》，臺中：好讀出版有限公司。

27. 古榕廮，《臺灣畫刊》，臺北：臺北市政府觀光傳播局出版，1984 年 9 月。

28. 田海燕、雛燕編，《金玉鳳凰》，上海：少年兒童出版社，1992 年 3 月。

29. 白庚勝編，《中國民間故事全書》，北京：知識產權出版社，2010 年 8 月。

30. 矢島文夫，程義譯，《埃及神話故事》，臺北：星光出版社，2001 年 3 月。

31. 伊靜軒編，《菲律濱的民間故事》，香港：中華國語教育社，1953 年 9 月。

32. 印順撰，《原始佛教聖典之集成》，新竹：正聞出版社，2002 年 9 月。

33. 朱剛等編，《土族撒拉族民間故事選》，上海：上海文藝出版社，1992 年 9 月。

34. 江肖梅編，《臺灣民間故事》，新竹：新竹市政府，2000 年 3 月。

35. 艾克拜爾，吾拉木編譯，《阿凡提故事大全》，烏魯木齊：新疆青少年出版社，2007 年 4 月。

36. 艾薇翻譯整理，《新疆民間文學》第一集，1980 年，12 月。

37. 吳于廑、齊世榮，《世界史・古代史・卷上》，北京：高等教育出版社，2008 年。

38. 吳老擇編譯，《漢譯南傳大藏經・本生經》，高雄：元亨寺妙林出版社，1996 年 3 月。

39. 吳瀛濤，《臺灣民俗》，臺北：眾文圖書股份有限公司，2000 年。

40. 呂正譯，《越南神話民間故事選》，河內：河內世界出版社，1997 年。

41. 李映洲主編，《敦煌壁畫藝術論》下冊，蘭州：蘭州大學出版社，2013 年 7 月。

42. 李赫，《伊索寓言的人生智慧》，新北市：稻田出版社，1992 年 4 月。

43. 李澤厚，《美的歷程》，臺北：三民書局股份有限公司，2018 年 4 月。

44. 李翼、王堯整理，《蒙藏民間故事》，香港：今代圖書公司，1958 年。

45. 周叔迦撰，《周叔迦佛學論著全集》，北京：中華書局，2006 年 12 月。

46. 周叔迦撰，《釋典叢錄》，河北：河北人民出版社，2005 年。

47. 周樹人撰，〈痴華鬘題記〉，《魯迅全集》第七冊，北京：人民文學出版社，2005 年 11 月。

48. 季羨林撰，《季羨林全集・佛經故事選序》第十七卷，北京：外語教學與研究出版社，2010 年 4 月。

49. 季羨林著、王樹英選編，《季羨林論中印文化交流》，北京：新世界出版社，2006 年 1 月。

50. 季羨林譯，《五卷書》，臺北：丹青圖書公司，1983 年 3 月。

51. 季羨林譯，《五卷書》，北京：人民文學出版社，2001 年 8 月。

52. 林彥如撰，《六度集經故事研究》，新北市：花木蘭文化出版，2017 年 3 月。

53. 林蘭撰，《瓜王》，臺北：東方文化書局，1981 年。

54. 祁連休編，《中國古代民間故事類型研究》，石家庄：河北教育出版社，2007 年。

55. 祁連休、蕭莉主編，《中國傳說故事大辭典》，北京：中國文聯出版公司，1992 年。

56. 祁連休撰，《中國民間故事史》，臺北市：秀威資訊科技，2011 年 8 月。

57. 施萍婷撰，《敦煌遺書總目索引新編》，北京：中華書局，2000 年 7 月。

58. 金榮華撰，《六朝志怪小說情節單元分類索引（甲編)》，新北市：中國口傳文學學會，2007 年 9 月。

59. 金榮華編，《臺灣桃竹苗地區民間故事》，新北市：中國口傳文學學會出版，2000 年 11 月。

60. 金榮華編，《中國歷代筆記故事類型索引》，新北市：中國口傳文學學會，2019 年 4 月。

61. 金榮華編，《民間故事類型索引》（增訂本)，新北市：中國口傳文學學會，2014 年 4 月。

62. 洪清泉發行，《印度神話故事》，臺北：偉文圖書出版有限公司，1979 年 5 月。

63. 洪紫千譯，《世界民間故事大全》，上海：少年兒童出版社，1992 年。

64. 胡萬川、陳益源總編輯，《雲林縣閩南語故事集三》，雲林：雲林縣文化局，2001 年 1 月。

65. 胡萬川編，《臺灣民間故事類型》，臺北：里仁書局，2008 年 11 月。

66. 胡萬川編，《臺中縣民間文學集 11》，臺中縣：台中縣立文化中心，1994 年。

67. 胡萬川編，《苗栗縣民間文學集 11》，苗栗市：苗栗縣文化局，1998 年。

68. 胡萬川編，《苗栗縣民間文學集 4》，苗栗市：苗栗縣文化局，1998 年。

69. 胡萬川編，《桃園縣民間文學集 19》，桃園市：桃園縣文化局，2003 年。

70. 胡萬川編，《桃園縣民間文學集 45》，桃園市：桃園縣文化局 2006 年。

71. 胡爾查譯，《蒙古族動物故事》，北京：中國民間文藝出版社，1984 年 6 月。

72. 勐臘縣民委、西雙版納州民委編，《西雙版納傣族民間故事集成》，昆明：雲南人民出版社，1993 年 6 月。

73. 唐孟生，晏瓊英編，《古印度神話故事》，吉林：吉林人民出版社，2001 年 10 月。

74. 孫二木譯，《落進陷坑裡的巴依》，《中華民族故事大系》，上海：上海文藝出版社，1995 年 12 月。

75. 納訓譯，《一千零一夜》（第一冊），北京：人民文學出版社，1982 年。

76. 郝蘇民、薛守邦編，《布里亞特蒙古民間故事集》，北京：中國民間文藝出版社，1984 年 5 月。

77. 張滌華撰，《類書流別》（修訂本），北京：商務印書出版，1985 年。

78. 曹廷偉編，《中國民間寓言選》，瀋陽：遼寧少年兒童出版社，1985 年 9 月。

79. 曹凌編，《中國佛教疑偽經綜錄》，上海：上海古籍出版社，2011 年 12 月。

80. 梁啟超撰，《佛學研究十八篇》，上海：上海古籍出版社，2001 年 9 月。

81. 章愉等編譯，《亞洲民間故事》，臺北：人類文化出版，2008 年 7 月。

82. 莎仁高娃搜集，胡爾查譯，《蒙古族動物故事》，北京：中國民間文藝出版社 1984 年 6 月。

83. 許昭榮譯，《世界民間故事集》，臺北：水牛出版社，1988 年 4 月。

84. 郭良鋆、黃寶生譯，《佛本生故事選》，北京：人民文學出版社，2001 年 8 月。

85. 陳士強撰，《佛典精解》，臺北：建宏出版社，1995 年 7 月。

86. 陳自新編譯，《俄羅斯童話精選》，上海：上海譯文出版社，1991 年 1 月。

87. 陳妙如撰，《漢譯佛典根本說一切有部毘奈耶雜事故事研究》，臺北：文化大學華岡出版部，2015 年 8 月。

88. 陳飛，凡評注譯，《新譯大唐西域記》，臺北：三民書局股份有限公司，2015 年 11 月。

89. 陳寅恪撰，《三國志曹沖華佗傳與佛教故事》，見氏著《寒柳堂集》，上海：上海古籍出版社，1980 年。

90. 陳寅恪撰，《陳寅恪先生論文集（下）》，臺北：三人行出版社，1974 年 5 月。

91. 陳寅恪撰，《魏晉南北朝史講演錄》，臺北：昭明出版社，1999 年 11 月。

92. 陳慶浩、王秋桂主編，《中國民間故事全集·河南民間故事集》，臺北：遠流出版社，1989 年 6 月。

93. 陳義編，《印度神話故事》，臺北：星光出版社，1988 年 3 月。

94. 陳馥編譯，《俄羅斯民間故事選》，瀋陽：遼寧教育出版社，2001 年 2 月。

95. 敦煌文物研究所編，《中國石窟：敦煌莫高窟》第二卷，北京：文物出版社，1982 年 12 月。

96. 敦煌研究院編,《中國石窟藝術·莫高窟》,南京:江蘇鳳凰美術出版社,2015 年 12 月。

97. 程樹德撰,《論語集釋》,臺北:藝文印書館,1998 年 11 月。

98. 童瑋編,《二十二種大藏經通檢》,北京:中華書局,1997 年 7 月。

99. 黃英尚譯,《斯洛伐克民間故事精選》,北京:新華出版社,2001 年。

100. 黃哲永總編,《嘉義縣民間文學集 9》,嘉義縣:嘉義縣立文化中心,1999 年。

101. 黃晨淳編,《希臘羅馬神話故事》,臺中:好讀出版有限公司,2018 年 1 月。

102. 黃寶生、郭良鋆、蔣忠新譯,《故事海選》,北京:人民文學出版社 2001 年 8 月。

103. 黃寶生、郭良鋆編譯,《佛本生故事選》,臺北:漢欣文化事業有限公司,2000 年 6 月。

104. 新疆維吾爾自治區等編,《中國石窟·克孜爾石窟》第一卷,新疆:文物出版社,1989 年 12 月;第二卷,新疆:文物出版社,1996 年 6 月。

105. 新疆龜茲石窟研究所編著,《克孜爾石窟內容總錄》,烏魯木齊市:新疆美術攝影出版社,2000 年 6 月。

106. 楊浦區民間文學集成編委會編,《中國民間文學集成上海卷楊浦區分卷》,浙江:楊浦區民間文學集成編委會,1989 年 2 月。

107. 楊照陽等編,《臺中市民間文學采錄集 4》,臺中:臺中市文化局,2000 年 12 月。

108. 葉昂夫人著,草子葉譯,《印度神話故事》,臺北:時報文化出版事業有限公司,1975 年 4 月。

109. 董玉祥著,《從印度到中國:石窟藝術的產生與東傳》,臺北:藝術家出版社,2012 年 6 月。

110. 董志翹主編,張淼、趙家棟、張春雷、李明龍等參校,《《經律異相》整理與研究》,成都:巴蜀書社,2011 年 8 月。

111. 農冠品、曹廷偉編,《壯族民間故事選》,南寧:廣西人民出版社,1982 年 4 月。

112. 劉守華撰,《中國民間故事史》,河北:河北教育出版社,2005 年。

113. 劉守華主編,《中國民間故事類型研究》,武漢:華中師範大學出版,2002

年 10 月。

114. 劉淑爾撰，《類型研究視野下的中彰民間故事》，臺北：秀威資訊科技股份有限公司，2013 年 8 月。

115. 劉憶諄主編，《敦煌風華再現：續說石窟故事》，臺中：自然科學博物館，2017 年 4 月。

116. 貓頭鷹編輯室編，《追尋印度史詩之美》，臺北：貓頭鷹出版，2015 年 2 月。

117. 薛克翹，張玉安，唐孟生編，《東方神話傳說》，北京：北京大學出版社，1999 年。

118. 謝生保編，《前世善行：敦煌壁畫本生故事》，蘭州市：甘肅人民出版社，2000 年。

119. 韓宗諭譯，《小飛象》，臺北：全美出版，2004 年。

120. 顏尚文撰，《梁武帝》，臺北：東大圖書股份有限公司，1999 年 10 月。

121. 顏洽茂編，《新譯經律異相》，臺北：三民書局，2010 年。

122. 譚燕玲、羅尚武主編，《左江明珠》，廣西：廣西民族出版社，2002 年 7 月。

123. 顧希佳編，《中國古代民間故事類型索引》，杭州：浙江大學，2014 年 6 月。

124. Uther Hans-Jörg (*The Types of the International Floktales* (FFC284~286)) Helsinki, Academia Scientiarum Fennica 2004.

125. Thompson Stith, *The Types of the Floktale* (FFC184), Helsinki, Academia, Scientiarum Fennica, Fourth printing, 1981.

126. Thompson Stith, *Motif-Index of Folk-Literature* (Bloomington, Indiana University press, 1975), 6Volumes.

127. （日）牧田諦亮撰，《疑經の研究》，京都：京都大學人文科學研究所，1976 年。

三、論文（按照出版時間順序排列）

（一）學位論文

1. 《《經律異相》音注》，陳定方撰，廣州：中山大學文學院碩士論文，1990 年。

2. 《「白蛇傳故事」型變研究》，范金蘭撰，臺北：政治大學中等學校教師在職進修國文教學碩士論文，2002 年。

3. 《《經律異相》語法專題研究》，陳祥明撰，南京：南京大學文學院碩士論文，2004 年。

4. 《《經律異相》注音研究》，卜紅艷撰，北京：北京師範大學漢語言文字碩士論文，2004 年。

5. 《《經律異相》詞彙專題研究》，何小宛撰，安徽：安徽師範大學文學院碩士論文，2006 年。

6. 《《夷堅志》夢故事研究》，陳靜怡撰，臺中：中興大學中國文學系碩士論文，2006 年。

7. 《《經律異相》與法苑珠林中諸天研究》，邱淑芬撰，新竹：玄奘大學中國語文學系碩士論文，2008 年。

8. 《《經律異相》畜生部研究》王強名撰，臺北：銘傳大學應用中國文學系碩士論文，2008 年。

9. 《《經律異相》異文研究》，張春雷撰，南京：南京師範大學文學院博士論文，2011 年。

10. 《《經律異相》文字剪輯問題及詞語選釋》，任西西撰，福建：廈門大學中文系碩士論文，2011 年。

11. 《聊齋誌異植物精怪故事研究》，張孟玲撰，桃園：中央大學中國文學系碩士論文，2011 年。

12. 《漢譯南傳大藏經《本生經》故事研究》，陳曉貞撰，臺北：中國文化大學中國文學系碩士論文，2011 年 6 月。

13. 《佛教因果業報對六朝志怪小說的影響——以《經律異相》為中心》，喻瑾撰，四川：四川師範大學文學院碩士論文，2013 年。

14. 《《經律異相》譬喻文學之研究》，姜媛媛撰，甘肅：蘭州大學比較文學與世界文學碩士論文，2014 年。

15. 《六朝筆記中動物故事研究》，陳曉蓁撰，臺北：中國文化大學中國文學系博士論文，2016 年 6 月。

16. 《《經律異相》的研究：梁代的佛教文化》，坂本廣博撰，日本：大正大學博士論文，2005 年。

（二）單篇期刊論文

1. 〈癩蛤蟆和猴子〉，胡爾查譯，《民間文學》，總第 25 期，1957 年 4 月。

2. 〈烏龜和猴子〉，陳拓記譯，《民間文學》，總第 25 期，1959 年 5 月。

3. 〈佛教經濟學〉，丘昌泰，《慧炬雜誌社》，第 161 期，1977 年 11 月。

4. 〈《經律異相》大意〉，陳士強撰，《五臺山研究》，第 4 期，1988 年。

5. 〈佛教類書《經律異相》泛覽——中印文學的異中之同〉，何良撰，《內明雜誌》，卷 206，1989 年。

6. 〈關於《經律異相》之一（上）、（下）〉，陳祚龍撰，《海潮音月刊》，卷 70 第 6 期，1989 年 6 月；卷 70 第 8 期，1989 年 8 月。

7. 〈關於《經律異相》之二續〉，陳祚龍撰，《海潮音月刊》，卷 70 第 9 期，1989 年 9 月；卷 70 第 10 期，1989 年 10 月；卷 70 第 11 期，1989 年 11 月。

8. 〈關於《經律異相》之三續〉，陳祚龍撰，《海潮音月刊》，卷 70 第 1～2 期，1989 年 12 月；卷 71 第 1～2 期，1990 年 1、2 月；卷 71 第 3 期 1990 年 3 月。

9. 〈經律異相〉，王秋桂撰，《讀書》，第 2 期，1990 年。

10. 〈《經律異相》中鬼的世界〉，李李撰，《國文天地》，第 63 期，1990 年 8 月。

11. 〈敦煌寫本〈四獸因緣〉〈茶酒論〉與佛經故事的關係〉，張瑞芬撰，《興大中文學報》第 6 期，1993 年 1 月。

12. 〈《經律異相》及其主編釋寶唱（上）、（下）〉，白化文、李鼎霞撰，《九州學刊》，第 24 期，1995 年 3 月；第 25 期，1995 年 6 月。

13. 〈《經律異相》對梁陳隋唐小說的影響〉，蔣述卓撰，《中國比較文學》，第 4 期，1996 年。

14. 〈從左傳中的桑田巫看春秋時期的專業解夢人〉，熊道麟撰，《興大中文學報》，第 9 期，1996 年 1 月。

15. 〈從印度佛經到中國民間——《賢愚經·檀膩羇品》故事試探〉，金榮華撰，北京：國際民間敘事研究會北京學術研討會論文，1996 年 4 月。

16. 〈從《經律異相》看佛經故事對中國民間故事的滲透〉，劉守華撰，《佛學研究》，第 7 期，1998 年。

17. 〈《經律異相》管窺〉，夏廣興、吳海勇撰，《古籍整理研究學刊》，第 4 期，1999 年。

18. 〈人獸通婚故事的人類學內蘊及積極素質〉，王立撰，《漳州師範學院學報》，第 1 期，2000 年。

19. 〈《經律異相》詞語選擇〉，金素芳撰，《湖州師院學報》，第 4 期，2001 年。

20. 〈「情節單元」釋義——兼論俄國李福清教授之「母題」說〉，金榮華撰，《華岡文科學報》，第 24 期，2001 年 3 月。

21. 〈《經律異相》所錄譬喻佚經考錄〉，陳洪撰，《淮陽師範學院學報》，第 25 卷，2003 年。

22. 〈說《經律異相》記載佛經故事群中的女性〉，張煜撰，《新疆大學學報》，第 1 期，2004 年。

23. 〈佛教輪迴思想的論述分析——以《弊宿經》裡佛教徒與「虛無論者」的輪迴辯論為考察線索〉，呂凱文撰，《中華佛學研究》，第 9 期，2005 年。

24. 〈關東傻子故事的母題與文化來源〉，黃浩撰，《北方論叢》，第 4 期，2005 年。

25. 〈二十四孝圖本事及其文化價值〉，石國偉撰，《孝感學院學報》，第 5 期，2005 年 9 月。

26. 〈佛教與〈黔之驢〉——柳宗元〈黔之驢〉故事來源補說〉，李小榮撰，《普門學報》第 32 期，2006 年，3 月。

27. 〈《五卷書》與東方民間故事〉，薛克翹撰，《北京大學學報》，第 4 期，2006 年 7 月。

28. 〈《經律異相》稱謂詞研究〉，馬麗撰，《浙江教育學院學報》，第 1 期，2007 年。

29. 〈寶唱《經律異相》所引之阿含經——試論水野弘元教授的〈增一阿含經解說〉〉，蘇錦坤，《福嚴佛學研究》，第 2 期，2007 年 4 月。

30. 〈《賢愚經》與中國民間撰故事〉，劉守華撰，《民族文學研究》，2007 年 4 月。

31. 〈從地府到地獄——論魏晉南北朝鬼話中冥界觀念的演變〉，韋鳳娟撰，

《文學遺產》，第 1 期，2007 年。

32. 〈《經律異相》詞語箚記〉，洪帥撰，《宗教學研究》，第 4 期，2008 年。

33. 〈一個民間故事的全球傳播與變異——佛經《毘奈耶雜事》中 AT566 及其相關類型試探〉，金榮華撰，《湖北民族學院學報》，第 26 卷，第 4 期，2008 年。

34. 〈複製與變體——印度史詩《摩訶婆羅多》裡羅剎吃人故事在中國的流傳〉，趙言超撰，《安徽文學》，第 5 期，2009 年。

35. 〈佛經故事與哈薩克民間故事〉，劉守華撰，《西北民族研究》，第 1 期，2010 年。

36. 〈川博擷珍（三）張大千臨摹敦煌壁畫作品〉，謝凌撰，《西南航空》，2010 年 5 月。

37. 〈《經律異相》22～28 卷校讀箚記〉，董志翹、趙家棟撰，《漢語史學報》，第 13 輯，2011 年。

38. 〈「龍宮得寶或取妻」故事之淵源與流變試論〉，陳妙如撰，2011 海峽兩岸民俗暨民間文學學術研討會論文集，臺北市：中國文化大學中國文學系，2011 年。

39. 〈從《亡靈書》看埃及人的靈魂崇拜和來世觀〉，陳利娟撰，《太原師範學院學報》，第 13 卷第 2 期，2014 年 3 月。

40. 〈《百喻經》類型故事研究〉，陳妙如撰，《中國文化大學中文學報》，第 29 期，2014 年 10 月。

41. 〈印度古典梵語文學作品中的咒語〉，張冬梅撰，《東南亞南亞研究》，第 2 期，2015 年 3 月。

42. 〈生育母神、美化的道教女神與人神戀——論唐《黑叟》與明《玉圭神女》中的九子魔母〉，劉燕萍撰，《人文中國學報》，第 24 期，2017 年 6 月。

43. 〈故事創傷敘事的解構與療癒——以《經律異相》為例〉，簡意娟撰，《法鼓佛學學報》，第 24 期，2019 年 6 月。

44. 〈《經律異相》を中心としてみた梁代佛教類書の編纂事情〉，（日）館裕之撰，《佛教大學大學院研究紀要》，第 10 卷，1982 年。

45. 〈上海古籍出版社刊行の《經律異相》の版本について〉，（日）北村高

撰，《東洋史苑》，第 34 卷，1990 年。

四、工具書

1. 《佛學大辭典》，丁福保編，臺北：天華出版，1987 年 7 月。

2. 《佛光大辭典》，釋慈怡編，高雄：佛光出版社，1988 年。

五、網路資料

1. 黃沛榮：《圖書館學與資訊科學大辭典》，上網日期：2019.8，引用網址：
   http://terms.naer.edu.tw/detail/1683550/。

2. 絲綢之路世界遺產。上網日期：2019.9，引用網址：www.silkroads.org.cn/
   portal.php?mod=view&aid=5518。

3. 康健知識庫，上網日期：2019.9，引用網址：https://kb.commonhealth.com.
   tw/library/231.html。

附錄：《經律異相》故事情節索引

天地山水火

天

　天

　　天雨物

　　天雨金（參「魔」）16-3

　　天雨真珠（參「魔」）16-3

　　天雨花（參「布施」）18-5、21-10、30-2、32-6

　　天雨七寶（參「布施」）18-6、24-4

　　天現異相

　　天散花香 4-5

　空中

　　雹石化為華蓋 41-8

　日

　　日受制不出 8-10

　雷電

　　地水火風相觸 1-7

　雲

　　龍氣為雲 1-9

　風

一、人

人倫

飲乳識親 7-3

言行

言語

念佛箭不能傷 29-7

人至三十歲閉口不語 32-5

念佛免被魚吞 35-10

誦經避鬼神殺 37-6、（參「果報」）37-9

誦佛一偈，兒子還相供養 41-4

一心稱佛免被大魚所吞 43-15

意念

發心不同，果報不同 8-19、44-11

轉念滅罪 13-13

發善念得善報，發惡念得惡報（參「果報」）34-3、35-9

自刎

船遇風雨，人引刀自刎，令海神厭惡而漂舟上岸。（參「精進、苦行」）9-8、9-11

船遇風雨，人引刀自刎 13-7

修道者證果，怕退轉而自刎（參「修道者」）17-6

修道者為守戒自刎（參「修道者」）22-9

品行

熊救人反被害 11-8

九色鹿救人反被害 11-11

信守諾言，赴害己者之處就死
（參「國王」）11-12

好施守信感動鬼 25-11

國王救坑中蛇 26-4

國王救坑中烏 26-4

身遭殺害戒子不得報仇 32-3

謀財害命 36-17

事佛心誠投河，心至感神河水為竭 41-16

兄射弟矢反自害 43-5

買鼈放生鼈報恩 44-4

救蛾蛾報恩 44-4

救人反被害 44-4

權變

商人經商他國，入境隨俗者，買賣順利；固守禮義者，招民埋怨 11-2

誠

至誠可度生死 5-12

至誠得子 18-1

至誠悔過即有明月神珠忽從地出 26-9

至誠佛地中踊出 34-2

至誠見樹神 43-2

懺悔

知悔消罪 5-3、10-5、13-3、13-12、14-13、20-10、21-2、22-2、23-9、24-12、29-5、38-6、46-4-9、46-4-10

異能

神智

不懂佛經之人，懷孕能誦經道 14-2

人懂獸語 27-10

人欲免禍，在瘋人前裝瘋

（參「國王」）28-13

人在胎中，令母能論議 41-2、45-12

人在胎中，令母善意性柔和 43-2

人在胎中，令母性弊惡 43-2

人懂鳥語 44-16、44-37

聲音

修道者擊揵搥，其音聲除一切苦（參「修道者」）18-17

　　　鳴鼓出現美食 24-5

　　　聞鈴聲即稱佛免下地獄 45-7

　小兒異能

　　　初生即能走路、講話 4-2、14-2、22-1

　　　初生嬰兒即長很大能飲多乳 3-1-7

　　　小兒八歲能說法 8-5、30-1

　　　初生兒,口能誦佛經 9-13

　　　八歲小兒有神通(參「神通」)16-9、22-7、22-8、30-1

　　　初生兒白毯裹身(參「布施」)23-2

　　　初生兒紫金色胎蓋在其上 24-5

　　　初生兒無有眼鼻 29-1

　　　初生兒金縷衣自然著身 36-13

　預知

　　　人通達過去、未來宿命 35-8

異食

　　　食死人骨熬湯 1-4-1

異居

　　　人居水上(參「修道者」)16-11

　　　隱居墓地 22-2(參「死」)

　　　白銀為壁水精為地,黃金為床

　　　白玉為機 36-2

　　　人居金城 42-5、43-4

　　　人居銀城 42-5、43-4

　　　人居水晶城 42-5、43-4

　　　人居琉璃城 42-5、43-4

　　　人居七寶殿 43-4

　　　人居鐵城 43-4

道術

　　　幻士化城請佛 44-1

以呪力困住人（參「修道者」）15-11

器官肢體

容貌

人產前有三十二瑞相 4-2

手足耳目舌互相爭功勞 17-12

人有三十二相與佛相似（參「修道者」）15-4、24-8

舌

人死後舌不化 19-15

手

手雨七寶 6-6、36-4

燃臂助人 24-4

十指出十寶 24-11

割手臂又恢復（參「布施」）25-6

燃手臂又恢復（參「布施」）8-2

殺人取指為鬘 8-8、17-10

手出乳汁（參「修道者」）16-4、16-7、30-2

手把金錢，續生不斷 18-4（參「布施」）

五指化為五山 37-3

手出百味食 41-12、45-5

足

琉璃屐生而著足 35-1

毛孔

毛孔化佛 4-5

乳（參「人倫」）

飲乳識親 7-3、31-7、32-1

割双乳又恢復 10-2

死人餵乳（參「死」）22-2

血反為乳 31-6、39-7

母旋其乳，射遍百子口 45-2

畸形

　　人面鳥身，生子還害其母 48-2

口

　　口中出香氣 36-12、36-13

髮

　　割髮供佛，髮復如故 45-1

身體

　　割截身體又恢復 8-2（參「神助人」）、8-4（參「神助人」）、8-12（參「布施」）、8-14（參「布施」）10-3（參「神助人」）

　　身金黃色 13-1

　　剜身燃燈又恢復（參「國王」）24-6、25-1

　　以釘釘身（參「國王」）25-2

　　王子身軀可治病 32-7

　　身體周遍有旃檀氣 36-12

生命

　生

　　　入人脅受孕 4-2

　　　人由血和泥幻化而成 4-1

　　　人處胎六年 7-5、10-10

　　　人由頭頂出生 24-10、24-11

　　　人月滿生肉一段，過半月成二片，復經半月，二片各生五胞，卻後半月一片生男，一片生女 30-2

　　　人吞果有孕 32-4

　　　懷孕十月產三十卵，卵出一男 36-18

　　　產卵出男 38-3、45-2

　　　孕生旃檀斗、甘露瓶、寶囊、七節神杖四種物 45-13

　壽命

　　　人壽四萬歲後轉減為百歲 1-4-1

　　　一萬歲變成一百歲 24-1

　　　人壽始八萬四千歲 24-9

病

　　人欲病死時，作善天人迎，作惡兵士持刀遶之 49-8

死

　　人出定即死（參「修道者」）20-3

　　死人半身不朽可餵乳（參「乳」）22-2

　　死人於塚生子（參「塚墓」）22-2

　　死屍火燒，腹裂子出（參「生」）45-8

（靈魂）轉生（參「輪迴」）

　　將投豚胎又轉生為人 2-6、2-8

　　轉生為驢又還本身 2-3

　　轉生為魚 6-21

　　轉生為牛 10-1

　　妾死轉生嫡妻子以報仇 10-1

　　轉生為國王 10-2

　　轉生為王 13-14

　　轉生為象 17-16

　　靈魂升天為神 8-9、13-2、14-4、15-2、19-10、20-4、22-6、23-1、23-11、24-3、32-1、34-6、36-12、36-13、36-14、36-15、41-12、42-1、44-34、45-5

　　轉生為蟲（參「罪報」）18-18、22-11、37-7、（參「蟲」）

　　轉生為龍（參「罪報」）22-10

　　轉生為羅剎（參「國王」）28-1

　　靈魂附於植物再到羊腹中再到羊屎、韭菜，再入人腹作子 32-8

夢

　　夢中聞佛說法 8-6

　　請佛解夢（參「人與佛」）28-4、29-2

　　夜夢鬼與之共會生子 29-14

　　夢中與大龜通情生子 31-7

　　夢仇人來害 32-3

　　夜夢鬼取命 37-11

佛為人現夢（參「佛」）40-2

夢見海神語之 43-14

夢一金色獸捨身助人，死後升天 47-8

變形

人變植物、池水、山、龍、牛、夜叉鬼 3-1-2-2

人變肉山 11-3

女變男 12-4、12-7、12-8

人變魚 12-7

人變鬼（參「修道者」）16-14、18-22

人化為金翅鳥（參「修道者」）14-18

人變嬰兒（參「修道者」）21-3

人變蝦蟇（參「修道者」）29-8

人變羅剎（參「國王」）30-5

塚墓

死人半身不朽可餵乳（參「乳」）22-2

死人於塚生子（參「死」）22-2

遊歷他界

乘天神車馬遊歷天界 24-7

入海見地獄餓鬼 37-1

命終十日遊歷地獄 37-14

入海求寶墮羅剎界 43-3

人慳病時見地獄，婢行善覩有天堂 45-4

亡者（魂）

亡魂罪入地獄

風吹皮肉剝落 49-10

風吹身脹滿 49-10

以刀斧剉斬，冷風吹還生如故 49-10

婬他妻入地獄，劍樹火燒 49-10

山間前後自然生火，兩山自合如磨，血流如河，骨肉爛盡 49-10

火燒鐵杵，擊破其頭 49-10

手攀刀輪，虛空中雨熱鐵丸 50-1

手捉鐵叉逆刺其眼，鐵狗齧心 50-1

阿鼻獄及諸刀林化寶樹及清涼地 50-1

火焰化作金葉蓮花 50-1

鐵嘴蟲化為鳧雁 50-1

刀輪斷其身 50-2

鐵烏摑罪人 50-2

空中寶蓋化火輪劈其頂 50-2

雨銅丸從毛孔入 50-2

鐵箭射其心 50-2

鐵狗齧心 50-2

鐵蟲唼食 50-2

鐵烏挑眼啄耳 50-2

羅剎破頭出腦，鐵狗舐之 50-2

羅剎化火車轢罪人 50-2

天雨沸銅 50-2

入鑊湯中，叉掠出鐵狗嚙 50-2

天雨刀 50-2

獄卒化為妻子 50-2

熱鐵丸從頂入口出 50-2

獄卒羅剎化為父母 50-2

銅柱林如火山 50-2

鐵床 50-2

獄卒化為僮僕 50-2

鐵弩 50-2

獄卒化為良醫 50-2

獄卒化為慳人 50-2

獄卒化銅車 50-2

人與鬼神（佛）

人被鬼吃 50-3

人與動物

人前世為動物，仍保有動物習性 17-11

人被魚吞不死（參「魚」）18-1

人與狐戰爭（參「國王」）21-6

人騎鳥飛遊（參「動物」）35-13

人與鵠生子（參「鵠」）43-8

特定人物

小兒

八歲小兒有神通（參「小兒異能」）16-9、22-7、22-8

修道者

修道者有神足通（參「神通」）7-4、13-2、18-11、34-6、36-12

修道者有五神通（參「神通」）24-4

修道者具十八神通（參「神通」）8-3、21-3、21-5

修道者踊於空中（參「神通」）12-1、13-12、13-15、21-2、22-2、23-4、42-1、46-1-5

修道者以神力從鑰孔中進出（參「神通」）13-3

修道者以神力取缽（參「神通」）13-6

修道者帶人去天宮與地獄參觀 14-13

修道者有五通智（參「神通」）14-18、14-19、16-4、16-10、16-11

修道者居水上（參「異居」）16-11

修道者被呪力困住（參「道術」）15-11

修道者手出乳汁（參「肢體器官」）16-4、16-7、30-2

修道者以神力降伏龍（參「神通、龍」）16-10

修道者變鬼度人（參「變形」）16-14、18-22

修道者以神力化缽蓋一國與龍鬥法（參「神通」）16-15

修道者證果，怕退轉而自刎（參「修道者」）17-6

修道者化為乞兒乞食（參「神通」）15-14

修道者以神力授缽（參「神通」）17-9

修道者化羅剎度人（參「神通」）17-14

修道者（難陀）有三十二相與佛相似（參「肢體器官」）15-4

修道者接受供養，聞法得道 18-7

修道者思惟得道 18-8、18-10、18-16、20-6

修道者以神力於壁現半身（參「神通」）18-14

修道者以神力化成大樹，樹下化大坑（參「神通」）18-15

修道者擊揵搥其音聲能除苦（參「聲音」）18-17

修道者以神力化作大坑（參「神通」）18-19

修道者被神所說偈所度（參「神助人」）18-23

修道者五指出火（參「神通」）18-30

修道者多世修行中被鳥與龍干擾 19-4

修道者為龍王說法治其頭痛 19-19

修道者為鬼說法 19-23

修道者說法度人 19-24、20-2、（參「國王」）20-5

修道者出定即死（參「死」）20-3

修道者化嬰兒（參「變形」）21-3

修道者護戒捨身（參「持戒」）22-9

修道者以神力現身體五臟手腳各異（參「神通」）23-8

修道者以神力度人（參「神通」）23-9

修道者謗佛 23-14

修道者現神力變化（參「神通」）29-4

修道者化大身蝦蟇（參「變形」）29-8

修道者以神力吹燈不滅（參「貧女」）38-8

修道者以銅鑃腹頭上，頭上燃火 39-4

修道者奉佛鉢蜜眾食不減 40-7

鹿舐修道者小便即感有孕生女 45-2

國王

布施雙眼 10-9

國王悔殺得道之人 20-10

國王與野狐戰（參「人與動物」）21-6

國王乘天神車馬遊歷天界（參「遊歷他界」）24-7

國王作戰時物資自然由地涌出 24-12

國王剜身燃燈求法 25-1

國王以釘釘身求法 25-2

國王捨頭布施（參「人的布施」）25-3、32-3

國王割肉布施 25-4、（參「人的布施」）25-5、26-3

國王布施手臂 25-6

國王布施血 25-6、（參「鬼」）25-7

國王出生時寶藏自然湧出（參「福報」）25-5

國王恣意布施 25-8

國王布施身體與妻子為奴 25-9

國王布施妻子與夜叉食之，妻子又端然如故（參「鬼」）25-10

國王好施守信感動鬼神（參「品行」）25-11

國王舉袈裟供佛 26-2

國王坑中救蛇、烏，烏蛇報恩（參「品行」）26-4

國王誦偈免害 26-6

國王以神足力出家（參「神通」）27-1

國王作塔成道（參「塔」）27-2

國王護法轉生佛國 27-4

國王隨民所願皆予布施（參「人的布施」）27-8

國王死後轉生為羅剎（參「轉生」）28-1

國王請佛解夢（參「夢」）28-4

國王裝瘋免禍 28-13

國王人身驢首（參「驢」）29-13

國王晝夜不寐殺睡著侍者 29-14

國王自射箭皆還自向 30-3

國王變羅剎 30-5

國王求仙人得子 32-2

國王割仙人手足耳鼻 39-7

貧者

貧者供養食物 13-2

貧者分己食供養佛 13-14

貧者布施念佛 15-2

貧者施燈（參「神通」）38-8

貧女解身布施裙助王建寺（參「果報」）30-6

貧者借錢飯佛僧 41-3

二、鬼、魔、精怪妖魅

鬼

鬼將軍招閱叉趕走諸鬼神 3-1-2-1

人被鬼迷 8-20

鬼打佛頭，佛頭痛 14-6

鬼打佛頭下地獄 14-6（參「罪報」）

鬼面被人之小便噴到，鬼欲殺人 18-30

鬼與人言 19-11

鬼在山裡房子惱人 19-13

鬼化為女人 19-16

餓鬼語人如何方便救濟鬼 19-18

鬼變無頭或無手足的人嚇人 19-22

鬼聽修道人說法 19-23

王刺血施鬼（參「國王」）25-7

王布施妻子與夜叉食之，妻子又端然如故（參「國王」）25-10

王好施守信感動鬼神（參「品行、國王」）25-11

鬼變雜獸畜牲 29-5

山中見鬼 31-7

人事佛免被鬼吃 35-11

入海見地獄餓鬼（參「水」）37-1

鬼鞭死人 37-13

人至閻羅王所乞兒索命 40-5

人和鬼問答 44-19

人買鬼做事不停止 44-22

鬼神大戰 46-1-1、46-1-3、46-2

鬼神通婚，因忌妒興兵 46-1-2

鬼沽酒語主人令湖中取死人金銀 46-4-3

鬼食人 46-4-5、46-4-7、46-4-8

鬼神有金色手出甘露并資生物以給行人 46-4-6

佛與鬼鬥法（參「佛」）46-4-7

鬼請佛夜宿設房及燈照明 46-4-9

鬼與人五百世中常相殺 46-4-11

鬼還鞭其故屍 46-4-15

鬼王臥熱鑊上，洋銅灌之 49-2

餓鬼見食化為炭飲食成膿血 50-3

魔

阿修羅王有九百九十九頭、口，千眼，二十四手，身大如須彌山 1-33

魔的各種幻化 4-3

魔變身為如來 4-5

魔化澈影入佛弟子腹中 14-12

魔下真珠雨、金雨、珠金雨（參「天」）16-3

魔變雜獸畜牲 29-5

魔試修行者（參「修行者」）37-4

魔化成佛 35-7

魔化徹影入佛弟子腹中 46-4-10

魔化比丘受人供養食不下 46-4-12

精怪妖魅（羅剎）

修道者化羅剎度人（參「修道者」）17-14

人變羅剎（參「國王」）30-5

神化人敕五百羅剎助人 41-3

入海求寶墮羅剎界 43-3

人為羅剎所縛 43-11

羅剎供養十二獸 47-1-7

金寶精報主恩掘百石甕金 48-6

三、神（仙）

神（仙）

神與神說偈 2-2

天神將投驢胎又還本身 2-3

天人將投豚胎又轉生為人 2-6、2-8

天女口能出百千種娛樂音 2-10

天神將死，頭上花萎、腋下汗出，項中光滅，兩目數瞬 4-6

神轉生為人（參「輪迴」）11-1、13-1、13-9

仙人具神足通（參「神通」）20-9

仙人現神變從空中來（參「神通」）39-9

仙人受人接足失神通生惡道 39-10、39-12

仙人聞女人聲色失神通 39-11、39-13

仙人與虎行欲生子 39-14

仙人觸女失神通，宿夜精勤復還 39-15

鹿飲仙人尿而生子（參「鹿」）39-16

仙情染世欲失神通，為婬女所騎 39-16

神居七寶宮殿 46-3

天神化象子死度仙人 47-2-3

初生處父母膝上若八歲兒 48-3-2

特性

飛行無限制、無肉身、隨心所欲化現 1-1-7

八臂三眼騎大白牛 1-2-23

光明自照神足飛行 1-4

生

執手成欲 1-1-4

相視成欲 1-1-5

暫視成欲 1-1-6

精流水中風吹淤泥中自然成卵，經八千歲卵開生一女人 1-4-2

初生兒

初生兒自然化現膝上（男坐父，女坐母）1-1-1

福少者飯色赤 1-1-1

飲食隨滿金器 1-1-2

以禪悅為食 1-1-2、1-2-5、1-2-6、1-2-7、1-2-9、1-2-10、1-2-11、1-2-13、1-2-14、1-2-15、1-2-17、1-2-18、1-2-19、1-2-20、1-2-21、1-2-22

以念為食 1-4-2

異居

居須彌四埵高四萬二千由旬，門有鬼神守之 1-1-1

居須彌山頂，有三十三天宮，門有夜叉守之 1-1-2

七寶為城 1-1-2、1-4、1-6

天宮風輪所持在虛空中 1-1-3、1-1-4、1-1-5、1-5、1-6

天宮純黃金 1-2-1

水精為城 1-6

神（仙）與人

人與神

人向神求得子 13-9、13-10、（參「國王」）32-2、45-13

神與人

天女沐浴無法回天上，太子娶其為妻 7-14

天女與人一同歌舞 2-11

神授人袈裟、食器，自然身髮墮地為沙門 23-11

神妒人布施，死後下地獄（參「罪報」）25-6

神帶金輪王參觀天宮（參「國王」）24-7

神救捨身入火坑之人 30-2

神阻人愛上王女 34-9

神以手摩娑死人 37-13

人割仙人耳鼻手足 39-7

仙人造書風雨不能壞 39-8

天女空中語人危險，其不聽命終 43-13

神的試驗

化為人欲取布施者心血髓，試驗其真誠 8-1

神助人

天神手出甘水助人 2-7、36-8、43-2、43-9

神為人療傷 8-2、8-4、(參「肢體器官」) 10-3、(參「福報」) 25-5、31-7

神接住落坑者，使不受傷 8-11

神救自殺之人 9-11

神助孝子死而復生 10-5

神說法度人 17-1

神說偈度人 (參「修道者」) 18-23

神助人完成願望 34-5、36-10

神送人七寶 43-1

神救人升天 44-33

神與動物

變形

神變人

神變人 8-1、10-4、10-11、15-12、24-1、24-6、25-5、25-6、26-7、30-2、31-7、37-4、38-9、40-3、41-3

神變動物

變為鳥類

變為鴿 25-4

變為鷹 25-4

變為獸類

變為獼猴 7-14

變為狗 19-1

變為豬 19-14

變為鼠 23-14

變為獅子 31-7

變為白狼 31-7

變為老虎 31-7

神變形後，又變回原貌

變為羅剎又變回本形 30-5

神（仙）藥

藥樹 3-1-4-2、3-1-4-3

香山藥治盲眼 5-14

神藥 9-11、10-3

噉一口雪山藥草即復人頭 29-13

藥王樹 31-8

人藥王子 32-7

山神

比丘遇王難為山神所救 19-14

國王向山神求子 31-3

優婆塞被山神魔試 37-4

海神

海神惡死屍 9-11

海神贈賈客寶物 30-4

海神奪寶珠 9-6、42-5

海神送賈客七寶 43-1

海神警告人將遇害 43-14

樹神

神藥樹，諸惡毒氣皆滅 3-1-4-2、3-1-4-3

佛化樹神度化人 17-7

樹神請人救魚 36-1

樹神手出甘水救人 36-8

樹神指點人修行 39-14

人前世持一齋生為樹神（參「果報」）41-12

樹神救人，人反害樹為樹所殺 44-32

神（仙）與佛

仙向佛言，求其髮爪起塔供養 6-8

樂神持琉璃琴歌於佛前 46-2

四、佛

菩薩

菩薩踊身於空中（參「神通」）9-7

菩薩變鬼 10-6

菩薩布施一切給眾生 10-8

菩薩變人 10-12

菩薩變動物 10-6、11-6

菩薩變魚 11-15

菩薩度惡人 10-12、18-24

菩薩變乞丐度人 12-2

菩薩在窟中教人讀經 12-5

菩薩念鉢鉢自飛到，飯食不減 27-7

菩薩住金山、銀山、琉璃山 47-1-7

佛

成佛前為太子時

王子捨身餵虎，其舍利起塔 6-14、31-1

太子捨身髓 10-13、10-14

太子持佛髮征戰皆勝 15-1

太子捨眼及髓 31-3

太子施血肉予人 31-4、31-5、31-6

太子施財寶 31-7

太子前世為王，犯罪死後下地獄 32-5

太子捨身餵虎 32-6

佛

佛化為風、白象、金剛力士、金翅鳥、獅子、毘沙門王與外道鬥法 3-1-2-1

佛化成比丘 4-5

佛與人言 5-6、5-11、5-13、7-2、7-6、7-7、17-8、18-12、19-8、28-5、29-6、33-5、40-9、41-14

佛牙骨在忉利天起塔 6-9

佛現菩薩舍利塔 6-15

佛現身說經 9-3

佛神力使兩手出龍象（參「神通」）9-5

佛現神力降伏龍（參「神通」）13-8

佛以神力舉山（參「神通」）24-12

佛自燒其袈裟不減 26-2

佛以神力說法（參「神通」）27-3、27-6

佛死後升天 32-1

佛令空中火起 39-9

佛從地中踴出 34-2

佛與鬼鬥法（參「鬼」）46-4-7

佛相貌

佛胸萬字放光 5-1

佛牙骨在忉利天起塔 6-9

佛現光芒 9-12、12-7

佛從地踴出現長舌相 9-12

佛笑口氣光炎 26-2、27-11、40-7

佛放大光明 29-5、35-3、35-8、38-7

佛金色三十二相 40-4

佛出舌覆面上至髮際 41-11

佛笑出五色光 45-3

佛與人

佛與人

人遇佛光者，身顫動、毛豎、遍體血現 4-5

佛與人言（參「佛」）5-6、5-11、5-13、7-2、7-6、7-7、17-8、18-12、
19-8、28-5、29-6、33-5、40-9、41-14

佛吹藥入人盲眼得痊癒 5-14

佛舍利分八分，給各國王供養 6-1

佛帶人去天宮與地獄參觀（參「佛」）7-8

佛與動物

  佛五指出五獅子，調伏狂象 5-17、21-1

  佛予龍王皂衣免金翅鳥食，其衣如故不可盡 48-1-5

五、佛教修行與教化

布施（供養）

　人的布施

　布施身軀

　　捨身聞法 8-12、8-14（參「肢體器官」）8-13、8-16、25-9、（參「佛」）
　　32-6

　　布施手臂（參「肢體器官」）8-2、25-6、43-7

　　布施雙乳（參「肢體器官」）10-2

　　布施雙眼（參「國王」）10-9

　　割肉餵鷹（參「國王」）25-4

　　布施血肉（參「佛」）31-4、31-5、38-1、44-13

　布施頭顱

　　布施頭（參「國王」）25-3、32-3

　　捨眼髓（參「佛」）31-3

　　布施頭髮 45-1

　布施人

　　布施子女 10-11、25-9、25-10、42-2

　　布施妻子 10-11、25-9、25-10

　布施國土（參「國王」）26-3

　布施財寶物品

　　隨民所願皆予布施（參「國王」）2-4、10-8、27-8、25-8、31-7、32-2

　動物的布施

　　牛供佛牛奶 15-12

　布施對象

　　布施貧乏者 15-13、25-5

　　布施沙門 25-5

持戒

修道者護戒捨身（參「修道者」）22-9

忍辱

受毀辱不與惡念 9-4

仙人修慈忍，受國王割耳鼻手足 39-7

精進、苦行

船難中犧牲自己，救渡眾生 9-8、9-11

禪定

入定鬼不能傷 14-6

入定三百餘年 41-9

智慧（明）

買智慧得免大罪 44-18

佛法教化

聽佛說法出家 17-19、23-4、23-6

聞經悟解佛法 8-3、8-5、8-7、8-10、17-5

聽佛說法得道 17-15、18-2、18-9、18-13、20-7、23-6、23-7、23-10、
27-7、28-2、40-8

輪迴

人蟒升天 14-1、14-5

神轉生為人（參「神」）11-1、13-1、13-9、40-11

將投豚胎又轉生為人（參「轉生」）2-6、2-8

人轉生為驢又還本身（參「轉生」）2-3

人轉生為魚（參「魚」）6-21

人轉生為牛（參「轉生」）10-1

妾死轉生嫡妻子以報仇（參「轉生」）10-1

人轉生為國王（參「轉生」）10-2

魚轉生為人（參「魚」）11-15、15-6

狗轉生為人 12-9

人轉生為王（參「轉生」）13-14

野干轉生為人（參「野干」）15-6

虎轉生為人 16-6（參「虎」）

人轉生為象（參「轉生」）17-16

人靈魂升天為神（參「轉生」）8-9、13-2、13-14、14-4、15-2、19-10、20-4、22-6、23-1、23-11、24-3、31-7、32-1、34-6、36-12、36-13、36-14、36-15、37-11、42-1、44-34、45-5

象轉生為人 18-20（參「福報」）

人轉生為蟲（參「轉生」）18-18、（參「果報」）22-11、（參「果報」）37-7

人死轉生為龍（參「果報」）22-10、32-1、40-11

狗轉生為人 22-3、34-4

牛死後升天 27-10

人轉生為羅剎 28-1

魚死後升天 36-1

龍轉生於天 41-8

獅子轉生為人（參「獅子」）47-1-4

狗轉生為人（參「狗」）47-6-4

獼猴轉生為人（參「獼猴、福報」）47-11-2

獼猴死後升天（參「獼猴、福報」）47-11-4、47-11-5

人轉生為雁 48-3-1（禽畜生部中）

雁死後升天（參「雁」）48-3-2（禽畜生部中）

龍轉生天上 48-1-4（蟲畜生部下）

蛇升天 48-2-1（蟲畜生部下）

蛤死後升天（參「蛤」）48-5（蟲畜生部下）

果報

布施果報

布施錢得兩手續生錢果報（參「肢體器官」）18-4

布施雙乳轉生為國王 10-2

前世罵人好布施得人身狗頭之神果報 14-16

前世布施但破戒轉生為象、守戒未布施，得羅漢果 17-16

供養佛食不減（參「佛」）9-2、12-2

起淫欲心，男變女，悔過又變回男 13-11

布施沙門而得道 23-1

布施佛毛毯，出生即有毛毯裹身（參「小兒異能」）23-2

布施沙門及貧者，出生時寶藏自然湧出 25-5

供佛僧倉庫自滿 35-6、35-12、38-2

以絹施佛免被鬼噉 35-11

供佛僧百味飯自然具足 35-14

食供佛僧，其食如故不減 38-7、41-7

以髮供佛死後升天 45-1

持戒果報

持戒得光明 2-5

守戒不為異見邪風所侵 8-17

守戒不被鬼侵 18-30

持戒死後升天（參「輪迴」）19-10

優婆塞持戒鬼代取華 37-2

持戒得五不死報 37-8

持戒誦經鬼不能害 37-9

受佛戒升天 37-11

買得五戒，羅剎不能侵 43-7

人守戒天神逐鬼使其不能害人 43-16

生前守戒死後魂還故骨邊 44-6

持不殺戒轉生富貴家 44-10

持戒火坑化成水 45-10

鬼神持戒平息戰爭 46-1-4

龍持戒升天（參「龍」）48-1-4（蟲畜生部下）

果報

布施不持戒，得富為婢子；持戒不布施，得羅漢果卻貧窮 18-27

念佛升天 15-2

貪戀龍女死後為龍子（參「輪迴」）22-10

貪愛酪轉生為瓶中蟲（參「輪迴」）22-11

王今世教令斬指後悔，前世亦如此 28-9

罪報

生前蛆妬傷人，及六畜財物，罪畢為人身患惡瘡 50-3

生時以慢心，用不淨手捉經，獄鬼以利刀解其兩手 50-3

生時常憂錢財以營婬欲，獄鬼護來恐怖令其啼哭 50-3

生時惡心，妄語兩舌惡罵綺語，獄鬼洋銅灌其口 50-3

生時心以不淨手捉沙門衣，洋銅灌手 50-3

生時惡心射殺眾生，獄鬼以箭射之 50-3

福報

前世建七寶塔、念佛、供花得升天果報 2-9

造佛塔得福報 6-22

前世供養比丘獲福 13-9

福德子衣食具足 13-10

供養僧眾而得道 17-13

前世布施水與錢，今生得福不盡 17-2

前世種福象轉生為王 18-20（參「輪迴」）

前世採花供佛僧，天雨眾花（參「天」）18-5

前世以石擬珠散僧，後世天雨七寶（參「天」）18-6

掃佛精舍得福報 19-2

出家得昇天果報 19-3

供佛升天（參「輪迴」）13-14、14-4

前世供佛得福 22-1、22-2

沙彌救蟻得延壽 22-4

前世樂與明經道士遊，今故有智慧 23-11

奉行十善死後升天 24-5

婢供佛得成為王夫人果報 28-6

前世供佛僧受福無量 33-6、36-5、44-5、44-27

前世供佛僧壽終升天投生國王女 34-1

前世供病道人所需得福報 36-2

前世以金銀七寶及好花共合塔寺得福 36-3

舉財供施，耕遇千金鼎，用之不盡 36-11

夜坐聽經，燒香讚嘆至於天曉，五百世常生天上 36-12

扶助跌倒沙門，死後升天口出好香 36-13

施擣衣石建寺，死後升天 36-15

女人供佛天上受福又轉生為男出家學道 41-11

人因心善不欺汲井得寶 44-2

人持半齋福可升天上七世 44-9

一日持齋有六十歲自然之糧又有五福 44-9

供養道人得贈神銅瓶所求皆得 44-28

童子施佛豆，升天後做轉輪王 44-35

人取花供佛，牛觸而死即生天上 44-36

施食修道者醜貌變端正得為夫人 45-16

為比丘起屋死後升天，手出百味飯 45-5

鬼神施食修道者，發願得身形長大 46-1-5

獼猴奉佛僧鉢蜜，墮坑而死，轉生為人（參「獼猴、輪迴」）47-11-2

獼猴效羅漢輦泥石作佛圖，死後升天（參「獼猴、輪迴」）47-11-4

獼猴在樹上學道人禪坐，墮樹而死，死後升天 47-11-5

蛤聽佛法死後升天（參「蛤」）48-5（蟲畜生部下）

六、佛教器物、法術及其他

神通

佛變現一切度眾生（參「佛」）5-2、23-9、25-5、26-3、27-6、29-4

佛右足大指鐵槍自然來出入 5-5

佛將兵杖變雜花 5-8

佛化人足行水上 5-12

佛以足拇指散巨石 5-18

佛開七寶塔示神通 6-19

佛以神通出現（參「佛」）7-2、28-11

佛現神通度小兒（參「佛」）9-2

佛神力使兩手出龍象（參「佛」）9-5

佛現神力降伏龍（參「佛」）13-8

佛以神足度人（參「佛」）16-12

建築物

器物

寶物

杖器

七、動物

動物

   鱗介

   龍

     龍與人鬥法（參「神通」、「修道者」）16-15

     龍受修道者之神力降伏（參「神通」、「修道者」）16-10

     龍王送修道者摩尼珠 19-19（參「珠」）

     龍以神力將火山變天花 16-1

     龍作諸神力嚇人 16-11

     變為蛇 11-7

     龍王救人 24-4

     龍王害人 24-4

     龍王從空中把貫珠垂下，八味香水流降 26-7

     人轉生為龍（參「轉生」）32-1

     九龍從瓶中出 38-7

     龍轉生於天 41-8

     九龍吐水灌人，水散其頭化成華蓋 45-3

     龍以七寶為宮，神力自在，壽命一劫 48-1-1（蟲畜生部下）

     龍王被五百鬼神所守護能隨心降雨 48-1-2（蟲畜生部下）

     出家犯戒生龍中 48-1-3（蟲畜生部下）

     龍眠時七寶雜色 48-1-4（蟲畜生部下）

     龍持戒生天（參「果報」）48-1-4（蟲畜生部下）

     佛予龍王皂衣免金翅鳥食（參「佛」）48-1-5（蟲畜生部下）

   魚

     魚吞人不死（參「人與動物」）18-1

     魚轉生為人（參「輪迴」）11-15、15-6

     身有百頭，若干種類 48-4-1（蟲畜生部下）

   蛇

     巨大毒蛇——（遶城七匝）9-6、32-1、32-2（遶城三匝、六匝、九匝、十二匝）42-5

雁王被捕，餘一雁緊跟隨 21-2

聽佛法死後升天（參「輪迴」）48-3-2（禽畜生部中）

被捕後不食，瘠瘦從籠中出 48-3-3（禽畜生部中）

雀

雀醫虎疾 11-14

雀入獅子口為其拔刺骨 47-1-3

獅子忘恩雀喙壞其眼 47-1-3

金翅鳥

金翅鳥王食龍王、小龍，壽八千歲 48-1-2（禽畜生部中）

金翅鳥王將死以其毒令寶山起火 48-1-2（禽畜生部中）

千秋

人面鳥身，生子還害其母 48-2（禽畜生部中）

鴿

鴿捨命施飢窮人 48-5-1（禽畜生部中）

鴿被鷹逐遇佛影則安 48-5-2（禽畜生部中）

雉

雉救林火以水灑林 48-6（禽畜生部中）

烏

烏與鷄合共生一子（參「鷄」）48-7-3（禽畜生部中）

烏與蟲狐相讚嘆（參「蟲、狐」）48-7-4（禽畜生部中）

鷄

烏與鷄合共生一子（參「烏」）48-7-3（禽畜生部中）

鵠

人與鵠生子 43-8

獸

虎

虎轉生為人（參「輪迴」）16-6

虎與仙人生子（參「神」）39-14

獼猴學道人禪坐 47-11-5

熊

熊救人反被害 11-8

驢

人身驢首（參「國王」）29-13

驢效群牛為牛所殺 47-5-2

狼

狼與人五百世來互為相殺 47-27

野干

野干說法 2-1

野干轉生為人（參「輪迴」）15-6

獅

以肉換獼猴子 11-5

金色獅子發光 21-10

獅救獼猴子欲捨身 47-1-1

獅轉生為人 47-1-4

獅墮井為野干所救 47-1-5

牛

牛作人語 27-10

水牛王忍獼猴辱 47-4-2

兔

兔捨身供養道人 47-12-1

貓狸

貓狸吞鼠，鼠食其內臟 47-13-1

鼠

鼠救人免被蛇害 47-14-1

八、植物

稻

梗米自生 1-33、3-11、24-1、24-10、28-3

花

火山變天花 16-1

雷電器仗為花 16-2

兵杖變雜花 5-8

火坑變花池 31-2

箭化為花 38-2

水變花蓋 38-7

草

煮草變牛骨 19-20

樹

樹出花鬘、寶器、果實、樂器 1-1-1

樹出法音，有藥效 3-1-4-1、3-1-4-2、3-1-4-3、3-1-4-4

毒樹 3-1-4-8

菩提樹有神變 6-5

樹自出讚頌度人 9-1

樹自然生食物、衣服、樂器、24-5

樹自然生金銀、瓔珞 24-10

甘蔗樹流汁晝夜不止 28-3

奈樹生女 31-8

樹神請人救魚 36-1

樹神手出甘水救人（參「神」）36-8、43-2

樹神助人 39-14

木

香木點火不燃，其後不燃自燒 4-5

牛頭栴檀香，塗身火不能燒 3-1-4-6

果

吞果生子 32-4

九、用品、器物、財寶

衣

衣服發光 10-4

先敬羅衣後敬人 20-8

袈裟於地自然踊出 26-2

明珠

明月真珠，天神送人 9-6

明珠，龍王鬼神爭奪 9-10

明珠飛騰 26-9

明珠忽從地出 26-9、39-36

指環

作為親人相見信物 7-14、31-8

寶

寶珠特殊功能 3-1-6-1

珠

送摩尼珠報恩 19-19

寶珠令盲人目明 32-2

多在龍腦中，得此珠，毒、火不能害 3-1-6-1

出一切寶 3-1-6-1、3-1-6-2

能燃海蘇，變海水為酪，海酪為蘇 3-1-6-3